读客外国小说文库

激发个人成长

万能管家吉夫斯

❷非常好，吉夫斯

[英] P. G. 伍德豪斯 著
王林园 译

P.G.WODEHOUSE
VERY GOOD, JEEVES

江苏凤凰文艺出版社

VERY GOOD, JEEVES

P.G. WODEHOUSE

献给E.菲利普斯·奥本海姆[1]

1 E. Phillips Oppenheim（1866—1946），英国小说家，以惊悚小说等作品盛极一时。（本书注释如无特别说明，均为译者注。）

序

古往今来，多少思想家都在思考一个问题：一个作家为某个或者某些人物立传，究竟写多少本合适？本书的出版再次将此问题提上国事议程。

距离吉夫斯系列故事诞生，倏忽已过了十四个长夏，当时笔者还是刚三十出头的年轻人。许多人琢磨，这个讨厌鬼也该歇了吧。挑剔鬼说，应当适可而止。爱找碴的也是这么个话。他们回顾往昔岁月，发现这些编年史不断繁衍，有如野兔，遥想日后，顿觉骇然。但另一方面，不得不说，撰写吉夫斯系列故事令笔者乐在其中，并且戒掉了泡酒馆的毛病。

那么，最终结论如何？无疑是悬而未决的。

就在一片群情激奋、唇枪舌剑之间，涌现出一个不容辩驳的事实——系列故事第三集出版了。个人向来深深赞同一个观点：若是一件事值得去做，那就要认认真真地坚持到底。自然，这本《万能管家吉夫斯2：非常好，吉夫斯》可以当作独立故事集来阅读——抑或干脆不读。但笔者私下觉得，本国中大有一些有志之士，非得翻箱倒柜，凑够了钱把前两本——《万能管家吉夫斯》和*Carry on, Jeeves!* 买到手，否则寝食难安。本书中提到的某些轶事需要对照前两本书，读过之后理解上才毫无障碍，故而收到最佳效果，没有读过只有莫名其妙不知所云。

这两本书的定价说出来笑死人，每册仅售2先令6便士，至于如何购买，更是易如反掌。

请看官移步最近的书店，展开以下对话：

您自个儿：早，书商先生。

书商：早，普罗先生。

您自个儿：我找《万能管家吉夫斯》和*Carry on, Jeeves!*。

书商：好的，普罗先生。先生只须付上5先令，我们就会通过普通送货车将书直接送到贵府。

您自个儿：再见，书商先生。

书商：走好，普罗先生。

如果某位法国游客来到伦敦——因为想不出更好的名字，不如干脆称他为于勒·圣沙勿略·波皮诺好了。这样的话，同样的一幕场景，对白会是这样[1]：

书店一隅

波皮诺：笨猪[2]，书商先生。

书商：笨猪，先生。今儿天儿真好，您说是吧？

1　以下原文为法语。

2　法语的“你好”（Bonjour）发音近似“笨猪”。（编者注）

波皮诺：可不是。您这儿有没有《万能管家吉夫斯》和*Carry on, Jeeves!*，是"我的豪斯"老师写的?

书商：当然了，先生。

波皮诺：请找给我，有劳了。

书商：好的。那还要不要，该死——笔啦，墨水啦，园丁的姑姑啦?

波皮诺：我才不稀罕。我只要"我的豪斯"。

书商：不需要衬衫、领带、营养护发素吗?

波皮诺：只要"我的豪斯"，我向您保证。

书商：好的，先生。每本都是2先令6便士，两本刚好5先令。

波皮诺：笨猪，先生。

书商：笨猪，先生。

您说简单不简单。

记得每本上边都得印有"伍德豪斯"字样哦。

P. G. W.

目 录

1 吉夫斯和临头大难 / 001

2 西皮的自卑情结 / 026

3 吉夫斯和欢乐圣诞季 / 048

4 吉夫斯和雅歌 / 071

5 梗犬麦金事件 / 096

6 艺术的点缀 / 119

7 吉夫斯和小姑娘克莱门蒂娜 / 146

8 有爱者必圣洁自己 / 171

9 吉夫斯和老同学 / 197

10 乔治叔叔的小阳春 / 224

11 大皮的考验 / 249

1

吉夫斯和临头大难

这天早上，我定好要启程去伍拉姆彻西——阿加莎姑妈在赫特福德郡的老窝，结结实实地待上三个星期。我坐在早餐桌前，不得不承认，这心情不是一般的沉重。咱们伍斯特向来是铁打的汉子，但此时此刻，我大无畏的外表下潜伏着一股莫名的恐惧感。

“吉夫斯，”我说，“今天早上我不复是那个快活的少爷了。”

“果然，少爷？”

“不错，吉夫斯。差得远呢，和那个快活的少爷差得远了。”

“我谨深表遗憾，少爷。”

他掀开盖子，鸡蛋和熏肉的香气四溢开来。我闷闷不乐地戳了一叉子。

“为什么——我一直琢磨，吉夫斯——为什么阿加莎姑妈要请我去她的乡间别墅？”

“恕我不清楚，少爷。”

“绝不是因为她稀罕我。”

“不错，少爷。”

“众所周知，她一见我就腰疼。具体原因我也说不上来，不过每次我们俩狭路相逢——打个比方哈——说不定什么时候我就要犯下什么弥天大错，惹得她提着短斧追杀我。久而久之，她视我为可怜虫加废物。我说得对不对，吉夫斯？”

“千真万确，少爷。”

“可这回她非要我推掉所有的约会，务必跑去伍拉姆彻西。肯定有什么不可告人的秘密瞒着咱们。吉夫斯，你说我这心情沉重，能怪我吗？”

“不能，少爷。失陪，少爷，我想是门铃响了。”

他忽闪一下就不见了。我又没精打采地戳了一叉子鸡蛋熏肉。

“有封电报，少爷。”吉夫斯重新入场。

“打开吧，吉夫斯，看写了什么。是谁拍的？”

“电文并未具名，少爷。”

“你是说末尾没写名头？”

“我想表达的正是这个意思，少爷。”

“我来瞧一瞧。”

我扫了一眼，觉得这篇电文实在蹊跷。蹊跷，没有更贴切的形容词了。

内容如下：

切记来此见面务必千万要一如初见。

咱们伍斯特头脑算不得灵光，尤其是在早餐时分。此刻我只觉得眉心之间一阵钝痛。

“什么意思，吉夫斯？”

“不好说，少爷。”

“上面说‘来此’，‘此’是哪儿？”

“少爷注意没有，电报是从伍拉姆彻西拍来的。”

“可不就是伍拉姆——你的观察力很敏锐——彻西嘛。这就是了，吉夫斯。”

“是什么，少爷？”

“不知道啊。反正不会是阿加莎姑妈，你说呢？”

“不大可能，少爷。”

“不错，你又说对了。那咱们只能推测，伍拉姆彻西某个身份不明的人，认为跟我见面时务必千万要一如初见。不过，我干吗要跟谁一如初见，吉夫斯？”

“不好说，少爷。”

“但话又说回来，干吗不要呢？”

“所言极是，少爷。”

“这么看来，这个谜团只待时机成熟自能解开。咱们只有静观其变，吉夫斯。”

“少爷和我的想法不谋而合。”

我到达伍拉姆彻西的时候将近4点，阿加莎姑妈正窝在老巢里写信。据我对她的了解，十有八九措辞不善，又及更是恶意满满。

她看到我没有高兴得不得了。

“哦，你来了，伯弟。”

“是，我来了。”

“你鼻子上有灰。”

我掏出手绢抹了抹。

“你能这么早赶来，我很高兴。在你见菲尔默先生前，我正有两句话要嘱咐。”

“谁？”

“内阁大臣菲尔默先生，他在这儿做客。你肯定也听过菲尔默先生的大名吧？”

“嗯，可不。”我口中应道，其实我对此君没有丁点儿印象。出于种种原因，我对政界人士不大上心。

“我特别希望你能给菲尔默先生留下一个好印象。”

“好嘞。”

“别用这种无所谓的语气，好像觉得自然会给人家留下好印象似的。菲尔默先生为人严肃、品性高贵、胸怀大志，而你呢，言语无味、举止轻浮，败家子一个，他最看不起这种人。”

亲戚家的说这种话也忒不留情面，不过这并没有偏离她的一贯作风。

“因此，这段时间你要努力收敛言语无味、举止轻浮的败家子形象。第一，这期间你不得抽烟。”

“嘿，我说！”

“因为菲尔默先生是禁烟联盟主席。另外，你也不得喝酒。”

“嘿，要命！”

“还有，说话的时候注意点，什么酒吧、台球间、后台入口之类的字眼一律不能提。菲尔默先生主要会根据言谈判断你的为人。”

我就议事规程提出异议。

“可话说回来，我干吗要给这个——菲尔默先生留什么好印象？”

“因为，”我的老亲戚瞪了我一眼说，“是我特别希望的。”

这句反唇相讥呢或许算不上特别呛人，不过也足以叫我明白事已至此。我于是揣着一颗隐隐作痛的心匆匆退下了。

我向花园走去，结果碰到的第一个人不是别人，却是炳哥·利透。

我和炳哥·利透的交情几乎可以追溯到出生的时候。我们俩是同乡，生日只差了几天，之后一起念幼儿园、伊顿、牛津，成年以后都住在老好的都城里，多少次在彼此的陪伴下纵情于一流的狂欢宴。这次要命的出访着实恐怖，我觉得，要说世界上有谁能帮我解解忧，那就是炳哥·利透无疑了。

至于此君怎么会在这儿，我就想不通了。瞧，他不久之前和著名女作家罗西·M.班克斯喜结连理，上次见面的时候，他正要陪太太去美国做巡回演讲。我还清晰地记得，他为此怨声载道，因为这趟旅行意味着他要错过雅士谷赛马了。

不过蹊跷归蹊跷，的确是他不假。我迫不及待要见到这张友善的面孔，因此像寻血猎犬一样大叫一声。

“炳哥！”

他闻言转过身。老天，这面孔哪里友善了，根本是所谓的扭曲。他挥动双臂，像在打旗语。

“嘘！”他拼命嘘我，“你想毁了我吗？”

“嗯？”

“难道你没收到我拍的电报？”

“那是你拍的？”

“当然是我拍的。”

“那你怎么不署名？”

“我怎么没署名？”

“你就是没署名。我根本没看明白。”

“那，我的信你总收到了吧？”

“什么信？”

“我的信啊。”

“我才没收到什么信。”

“那准是我忘了寄了。就是想告诉你我在这儿给你表弟托马斯做家教，咱们见面的时候，你务必要装作跟我一如初见。”

“为什么？”

“因为要是你姑妈知道我是你哥们儿，准保要当场炒我的鱿鱼。”

“为什么？”

炳哥扬起眉毛。

“为什么？讲讲理，伯弟。你要是你姑妈，又深知你的为人，你会不会叫你最铁的哥们儿给你儿子做家教？”

我这脑袋瓜有点晕乎，不过总算领会了他的意思。不得不承认，他这话的确有不少硬道理。但话说回来，他还是没解开谜团所谓的症结或者说要点。

“我还以为你去了美国呢。”我说。

“喏，我没去。”

“怎么没去？”

“那你就别管了。反正我没去。”

“那你怎么又当起家教来了？”

“你别管，我自然有我的原因。我要你牢牢记住，伯弟，你得印在榆木脑袋里——决不能叫人看见咱们俩勾肩搭背的。前天你那个可恶的表弟躲在灌木丛里抽烟，被逮了个正着，害我险些工作不保，因为你姑妈说能出这种事，都怪我没看好他。要是再叫她发现我是你哥们儿，肯定要把我扫地出门，神仙也救不了我。我可不能被扫地出门。”

“为什么？”

“那你别管。”

话音刚落，他好像听见有人来了，只见他猛地跳进月桂丛，身手可谓矫健。我信步折回屋里找吉夫斯，看他对这桩怪事有什么见解。

“吉夫斯，”我返回卧室，见他正忙着帮我挂行李，“你记得那封电报吧？”

“记得，少爷。”

“是利透先生拍的。他也在这儿，给我表弟托马斯当家教。”

“果然，少爷。”

“我就不明白了。他一个自由身——我的意思你懂吧，既然是自由身，怎么会自愿跑到阿加莎姑妈的栖身之地？”

“的确蹊跷，少爷。”

“还有，一个有自由意志、全心追求享乐的人，怎么会愿意给我表弟托马斯做家教？众所周知，托马斯是个刺头儿加混世魔王。”

“的确不可能，少爷。”

“这滩浑水深得很啊，吉夫斯。”

“所言极是，少爷。”

“最可怕的还有呢。他好像觉得为了保住饭碗，必须把我当成失散多年的麻风病人。这么一来，我在这个荒凉山庄唯一像样点的好时光也没指望了。知道吗，吉夫斯，我姑妈不准我吸烟？”

“果然，少爷。”

“也不准喝酒。”

“不知是为什么，少爷？”

“因为她希望我给一个叫菲尔默的老兄留个好印象。一定有什么险恶的不可告人的原因，她不肯说。”

“很遗憾，少爷。不过据我所知，许多医生提倡戒烟戒酒，认为这是养生之道，因为这有助于血液通畅循环，避免动脉过早硬化。”

“啊，医生这么说？哼，下次你见到他们，就说他们是一群大笨蛋。”

“遵命，少爷。”

我回顾了一下自己这多灾多难的一生，可以断言，有生以来最惊心动魄的一段出访由此拉开了序幕。不必说没了饭前续命的鸡尾酒多么痛不欲生，也不必说每次想静静地抽口烟就只好屈尊躺在卧室地板上对着壁炉烟囱吹烟圈，更不必说保不定什么时候一转弯就和阿加莎姑妈打个照面让人浑身难受，更有和A·B菲尔默阁下大人一套近乎就大挫士气。没过多久，伯特伦就艰难困苦到了做梦也想不到的程度。

我每天都得陪着阁下大人打高尔夫，只有咬紧伍斯特牙关、握紧拳头直到骨节发白，我才勉强挺过来。这阁下大人不仅球技烂得出奇，还时不时地穿插一段对话，对我来说，实在是忍无可忍。总而言之，我忍不住自怜自哀，直到这天晚上，我正在屋里没精打采地换晚礼服三件套，这时炳哥踱着步子走了进来，叫我暂时忘却了自身的烦恼。

要知道，一旦有朋友掉进火坑，咱们伍斯特就全然忘我。而可怜的炳哥这是火烧眉毛啦，只要看看他那副样子就心知肚明——他像只猫刚被半块砖头砸中，正等着剩下那半块。

“伯弟，”炳哥坐在床上，先是默默释放了一会儿幽怨之情，“吉夫斯的大脑近来怎么样？”

“转得挺快的，我觉得。吉夫斯，你那些脑灰质怎么样？畅通自如吧？”

“是，少爷。”

“谢天谢地，”炳哥说，“我正需要最最牢靠的建议。除非有思想健全之人动用适当渠道采取有力措施，否则我一世英名就毁了。”

“怎么回事，老伙计？”我心有戚戚。

炳哥揪着被单。

“我这就说，”他说，“索性我也一并告诉你吧，我何苦要留在这间麻风病院教那个臭小子，他才不需要学什么希腊语拉丁语，就该冲他天灵盖上狠狠来一下。伯弟，我之所以来，是因为我走投无路了。罗西动身去美国前，最后一刻决定叫我留下来照顾京巴儿。她给我扔下几百镑，她不在的这段时间，如果精打细算用着，就够我和京巴儿舒舒服服地过日子，直到她回来。但你明白是怎么个情况。”

“什么怎么个情况？”

“某天俱乐部里有个老兄偷偷摸摸地凑到你身边，说某匹瘸腿马保管赢，就算是开跑10码就腰肌劳损又生了胃蝇病什么的也不在话下。实话告诉你，我认为这笔投资谨慎又保守。”

“你是说你把全部身家都赌了马了？”

炳哥报以苦笑。

“如果那畜生还算马。要不是最后冲刺了一下，都要混进下一轮比赛了。它跑了个倒数第一，我这下可就不好办了。我必须想个辙弄点钱度日，坚持到罗西回来，好神不知鬼不觉。罗西当然是世界上最善解人意的可人儿，不过伯弟，等你结了婚你就知道，要是知道了先生把六个星期的生活费押在一匹马上输光了，那再好脾气的太太也要大发雷霆。你说是吧，吉夫斯？”

“是，先生。女士们在这方面的确不可理喻。”

“所以我赶紧开动脑筋。手头还剩了几个钱，够找个好地方寄养京巴儿。我在肯特郡‘兴汪发达’宠物之家交足六周的费用，出了门，身无分文，跑去中介联系家教的活儿。结果就摊上了托马斯。这就是我的故事。”

当然了，听来让人心酸。不过我还是觉得，纵然要和阿加莎姑妈和小托抬头不见低头见的，炳哥总算逃过一劫。

“所以你只要在这儿再坚持几周，”我说，“就万事大吉啦。”

炳哥惨兮兮地吼道：“再坚持几周！能待上两天都算我走运。我刚才跟你说了，几天前托马斯抽烟被逮到，结果你姑妈开始怀疑我不能胜任她那可恶的儿子的监护人一职。我刚听说，托马斯正是被那个菲尔默逮到的。10分钟前，小托马斯跟我说，他为菲尔默跟你姑妈打小报告的事怀恨在心，谋划着要狠狠报复他。我不知道他有什么打算，不过他万一得手，我一定不由分说就给揪着耳朵扔出门。你姑妈特别重视这个菲尔默，准保当场炒我鱿鱼。可罗西要三周后才回来呢！”

我全懂了。

“吉夫斯。”我说。

“少爷？”

“我全懂了。你全懂了吗？”

“是，少爷。”

“那快出谋划策。”

“少爷，只怕——”

炳哥一声呻吟。

“吉夫斯，你是要说，”他牙齿打颤，“没有头绪吗？”

“暂时没有，很抱歉，先生。”

炳哥痛苦地一声呜呼，像斗牛犬没吃到蛋糕。

“那，这，大概只有一个办法，”他一脸肃穆，“盯紧那个大饼脸的小恶棍，一秒也不让他离开我的视线。”

“不错，”我说，“时刻保持警惕，啊，吉夫斯？”

“所言极是，少爷。”

“但与此同时，吉夫斯，”炳哥低沉的声音透着期待，“你会竭力想办法，是吧？”

“先生请放心。”

“谢了，吉夫斯。”

“先生太客气了。”

不得不说，炳哥这个人呢，一旦需要行动起来，那股子精神头和意志力让人不由得竖起大拇指。接下来那两天，我估计小托那小子一分钟都没空庆祝“终于自由了！”但到了第二天晚上，阿加莎姑妈宣布隔天要组织打网球，我立刻觉得只怕是凶多吉少。

瞧，有些人手指一握住网球拍，就像老僧入定一般，球场以外一切都不复存在，炳哥就是这种人。要是你趁他打到一半跑过去说，他最好的哥们在菜园子里被豹子吃了，他也只会望着你来一句“啊，哦？”诸如此类的。我清楚，不到最后一颗球发完，他根本不记得什么托马斯、阁下大人。当晚我换衣服吃晚饭的时候，就隐隐预感要大难临头。

“吉夫斯，”我说，“你可曾思考过人生？”

“偶尔，少爷，在闲暇之余。”

“人生可畏，是吧？”

“可畏，少爷？”

“我是说，事情表面和实际情况完全是两码事。”

“少爷，裤脚或许可以再提高半英寸，只要稍微调整一下背带，即可获得理想的效果。少爷刚才说？”

“我是说，咱们在伍拉姆彻西，表面看起来是幸福快乐的乡间聚会。但是湖面上波光粼粼，底下可是暗流涌动。要是在午餐时间观察阁下大人，瞧他忙着塞白汁三文鱼的架势，还以为他一丝烦恼也没有呢。哪知道，可怕的厄运已然向他围拢过来，逐渐逼近。你觉着托马斯那小子会采取什么手段？”

“下午我和托马斯小少爷闲聊一二，少爷，他提到自己最近在读一本叫作《金银岛》的传奇，并为其中弗林特船长的为人处世深深折服。他正琢磨如何以这位船长为榜样。”

“哎呀，老天，吉夫斯！要是我没记错，《金银岛》里的弗林特是抡着弯刀砍人的那个家伙。你看托马斯会不会也抡起弯刀照着菲尔默先生的天灵盖来一下？”

“他手里应该没有弯刀，少爷。”

“那，别的家伙。”

“少爷，咱们只有静观其变。少爷，恕我多言，领结似乎可以再紧一分，以期达到蝴蝶翅膀的完美形态。不如让我来——”

“吉夫斯，都什么时候了，还有心思管领结？你难道不明白，利透先生的家庭幸福岌岌可危？”

“少爷，无论什么时候都不能不管领结。”

看得出，这家伙有点受伤，但我顾不得替他照料伤口。我想说什么词儿来着？忧心忡忡。不错，我就是忧心忡忡，并且神不守舍，另外还愁肠百结。

我这愁肠一直结到第二天下午2点半，也就是网球场狂欢开始的时间。这是个闷热的下午，像蒸笼似的，天边隐隐有闷雷滚过。我觉得，空气里仿佛酝酿着不祥。

“炳哥，”我们正为第一场双打热身，“下午没人看着小托，不知道他忙活什么呢？”

“嗯？”炳哥心不在焉地应道。他已经换上了网球表情，双眼呆滞无神。他挥着球拍，鼻子里哼了几哼。

“我到处都找不到他。”我说。

“你到处什么？”

“找不到他。”

“谁？”

“小托。”

“他怎么了？”

我只好放弃。

锦标赛开场了，我觉得一片惨淡，唯一的安慰就是阁下大人坐到了观众席，身边围了几位撑阳伞的女士。理性告诉我，就算是小托马斯这么个通体生在罪孽中的小子，对于占据着如此有利战略地位的人，也基本没有机会下手。想到此处，我长舒了一口气，于是全身心投入到比赛中。我精力充沛地把当地助理牧师打了个落花流水，这时轰隆隆一阵雷声，倾盆大雨应声而落。

大家伙一窝蜂往屋子里跑。聚在客厅里用茶点的时候，阿加莎姑妈举着黄瓜三明治突然问：“有谁见到菲尔默先生了？”

我如遭雷击。刚才在网球场，我一会儿一记快球美美过网，一会儿沿着中线一记回旋慢球，只打得那神职人员捉襟见肘，因此有那么一小会儿，我已完全沉浸在另一个世界。这会儿我“咣当”一声坠回现实，手中的蛋糕从无力的指尖滑落，成了阿加莎姑妈的西班牙猎犬罗伯特的盘中餐。我再次感觉到大难临头。

要知道，想拦着这位菲尔默上茶儿，那可不是易事。此君食量惊人，又酷爱5点钟那几杯茶、那两口松糕，此前，他在冲向食槽之赛中一直遥遥领先。此刻客厅不见他埋首饲料袋的身影，那只有一个可能：他落入了敌人的陷阱。

“他应该是在庭院里什么地方躲雨，”阿加莎姑妈说，“伯弟，你出去找找，带一件雨衣给他。”

“好嘞！”我应道。此刻，我生命中唯一的愿望就是找到这位阁下大人。但愿找到的不是一具遗体。

我套上雨衣，又在胳膊底下夹了一件，这就出发了，结果刚走进门厅里就遇见了吉夫斯。

“吉夫斯，”我说，“只怕凶多吉少。菲尔默先生不知所终。”

“是，少爷。”

“我要去庭院里搜搜，把他找出来。”

“少爷这一趟可以省了，菲尔默先生此刻正在湖心岛上。”

“顶着雨？这笨蛋干吗不划船回来？”

“他没有船，少爷。”

“那他怎么上的岛？”

“是划船过去的，少爷。不过托马斯小少爷划船尾随，解开了船缆。他刚刚对我讲述了全过程，似乎将人困在孤岛上是弗林特船长的惯用伎俩，在托马斯小少爷看来，依样效仿是再明智不过的选择。”

“可是老天，吉夫斯！那他不是成了落汤鸡了？”

“是，少爷。托马斯小少爷对此略有提及。”

行动的时刻到了。

“跟我来，吉夫斯！”

“遵命，少爷。”

我匆忙赶往船屋。

阿加莎姑妈的夫君斯宾塞·格雷格森是做股票的，前不久还在苏门答腊橡胶上大捞了一笔，因此在挑选乡间别墅上，我这姑妈出手颇有点不惜血本。别墅周围几英里都是绵延的草地，其间绿树成荫，栖居了不少鸽子还是什么的，都在纵情叽咕；几处花园，全都种满了玫瑰；此外马棚、茅舍、别院等等不在话下，总之包罗万象很是气派。但说到此地的重要景观，那却非湖泊莫属。

此湖位于房子东面，穿过玫瑰园就是，占地数英亩。湖中央矗立着一座小岛，岛中央矗立着一间八角亭。而八角亭中央呢，只见亭子顶上像喷泉一样水花四溅的，正是那菲尔默阁下大人。我们朝湖心岛划去，本人大力运功划桨，吉夫斯掌操舵索，耳边的呼喊声清晰度呈递增趋势——是这么个说法吧。不一会儿，我就瞧见高高在上、远远望之如同端坐在树梢之上的，就是阁下大人了。以我之见，就算是内阁大臣也该有点常识吧，明明可以在树下躲雨，干吗非在外头这么淋着呢?

“再往右点儿，吉夫斯。”

“遵命，少爷。”

我稳稳地停船靠岸。

“在这儿等着，吉夫斯。”

“遵命，少爷。上午园丁总管知会我，最近有只天鹅在岛上筑了巢。”

“吉夫斯，这会儿谁有工夫八卦自然史？”我口气有点冲，因为这会儿雨势更急了，伍斯特的裤脚不觉已经湿了大半。

“遵命，少爷。”

我在灌木丛中穿行，地面泥泞，才走了两码，我那双“稳步”网球鞋的8先令11便士就打了水漂。但我一不做二不休，不一会儿就走出树丛，到了一片空地，面前就是那间八角亭。

据传，这座建筑乃是上个世纪匆匆搭建而成，以供已故前主人的祖父有个僻静的处所练习小提琴，免得吵到人。据我对小提琴手的了解，估计那位老先生当年制造的动静很有些摧肝裂胆，不过相比此刻亭子顶上传来的声响，肯定是小巫见大巫。阁下大人没见到救援队，似乎正全力以赴，想将呼救声传过茫茫之水，平心而论，他的努力也不是全然白费。此君是个男高音，其号叫声像弹片一样刮过我的头皮。

我想此刻该向他通报喜讯，说明救援已经赶到，免得他一会儿声带拉伤。

“嘿！”我大喊一声，等待回应。

他从檐角探出头来。

“嘿！”他一声咆哮，朝四面八方乱看，就是摸不准方向，那还用说。

“嘿！”

“嘿！”

“嘿！”

“嘿！”

“哦！”他终于瞧见我了。

“呦哦！”我应了一句，算是接上头了。想必到目前为止对话水准称不上高超，不过很可能不久就要生色不少，但就在这个节骨眼，就在我马上要吐出一句不俗之言的节骨眼，突然间耳边传来嘶嘶的声音，仿佛眼镜蛇窝里爆胎了似的，左边的灌木丛里随即蹿出一个又大又白又活泼的东西，我的大脑空前飞转，身子一跃而起，如同飞蹿的松鸡，脑子还没反应过来，身子已经在拼命往上爬了。我感到右脚腕下一英寸处有什么东西拍打着墙壁，就算我原来还抱有待在原地不动的念头，这下总算疑虑全消。我伯特伦的榜样就是冰雪中举起旗帜的那个小子，旗上有一句古怪的题词：“更高的目标！”

“小心！”阁下大人大叫。

我小心着呢。

当年修建八角亭之人似乎特别考虑过这种危急情况。亭子墙壁上有那种规则的凹槽，刚刚适合手爬脚蹬之用。转眼之间，我就爬到了亭子顶上，稳稳地栖身在阁下大人身边，俯视这辈子遇见的体型最大、脾气最暴躁的天鹅。只见那鸟儿站在亭子下伸长了脖子，像橡胶软管似的。只要有一块砖头，仔细瞄准，刚好能攻其腹部。

我想到做到，正中准心。

阁下大人好像不大高兴。

“别把它惹毛了。”他说。

“是它先惹我的。”我反驳道。

那只天鹅脖子又伸出8英尺，模仿破洞的热水管冒蒸汽的声音。雨还是下个不停，大有所谓的“翻江倒海”之势，我很懊悔，本来给同一屋檐上的伙伴带了雨衣的，结果刚才爬石墙的时候太过匆忙，给弄掉了。我想着要不要把自己的让给他，但理智很快占了上风。

“它刚才离你有多近？”我问。

“就差一点，”我那同伴低着头，一脸厌恶，“我不得不猛力一跳。”

阁下大人矮矮胖胖，很像是人家把他往衣服里灌的时候他忘了及时喊停。听他这么一说，我脑海中浮现出一个挺有喜感的画面。

“很好笑吗？”他把厌恶的表情投向我。

“对不住。”

“我很可能身负重伤。”

“你要不要拿一块砖头再砸一下？”

“万万不行。那样只会激怒它。”

“哼，怒又怎么样，它也没怎么考虑咱们的感受。”

阁下大人话锋一转。

“真想不明白，我的船明明稳稳地系在柳树墩上，怎么会漂走呢？”

“奇了怪了。”

“我开始怀疑，是有人恶作剧故意解开的。”

“呃，我说，不会的，怎么可能。不然你会察觉的。”

“不，伍斯特先生，周围的灌木丛形成了极佳的屏障。再说，下午热得反常，我一阵困意袭来，一上岛就打了个盹。”

我可不希望他顺着这个思路琢磨开去，于是岔开话题。

“真湿，是吧，啊？”我说。

“我注意到了，”阁下大人恶声恶气地说，“但谢谢你的提醒。”

我立刻发现，天气的话题不如预期顺利，于是转而谈及“伦敦周围各郡鸟类生活”。

“不知道你发现没有，”我说，“天鹅好像天生的一字眉？”

“我有大把机会把天鹅观察了个遍。”

“所以看起来总是一脸怒气？”

“你说的那个表情没有逃过我的双眼。”

“怪了，”我越说越起劲，“家庭生活居然叫天鹅性情大变。”

“我拜托你换个别的话题，不要再讲天鹅啦。”

“别，这还真挺有意思的。我是说，下边的这位老兄正常情况下没准是个乐天派，居家宠物的上佳选择，是吧。但仅仅因为太太在筑巢——”

我顿了一顿。大家可能不信，刚才一直忙来忙去，我已经完全不记得，就在我们闲坐在亭子顶上期间，背景处还有一个脑力惊人的家伙，一经紧急召唤出谋划策，八成不出几分钟就能想出五六条计策，解决我们的小困难。

“吉夫斯！”我大喊一声。

“少爷？”空旷处远远传来一句毕恭毕敬的回应。

“是我的贴身男仆，”我对阁下大人解释道，“此人足智多谋，善于随机应变，立时能帮咱们脱身。吉夫斯！”

“少爷？”

“我在亭子顶上。”

“是，少爷。”

“别‘是’了。快过来帮忙。我和菲尔默先生爬到上边了，吉夫斯。”

“是，少爷。”

“别‘是’个没完，不是那个意思。这地方被天鹅侵占了。”

“我立即着手处理，少爷。”

我转头望着阁下大人，甚至还伸手拍了拍他后背，感觉像拍一块湿海绵。

“放心吧，”我说，“吉夫斯来了。”

“他来能做什么？”

我不禁皱了皱眉。此君很不耐烦的样子，让我老大不高兴。

“这个，”我不由冷冷地说，“在他动手之前，谁也说不准。他或许声东或许击西，但你可以把心放在肚子里，吉夫斯总有办法。瞧，他迂回穿过灌木丛，脸上闪耀着纯粹的智慧之光。吉夫斯的脑力无穷无尽，鱼基本是他的主食。”

我从檐顶探出头，望向深渊。

“小心那只天鹅，吉夫斯。”

“我正密切留意这只禽鸟的动向，少爷。”

那只天鹅本来正冲我们继续延展脖颈，这会儿突然“啪”一声扭过脖子，似乎背后传来的说话声让它猝不及防。它迅速又仔细地把吉夫斯打量了一番，然后深吸一口气以备嘶嘶，接着扑腾了一下，向前冲去。

“当心，吉夫斯！”

“遵命，少爷。”

哎，我真该提醒它，一切都是徒劳。它或许是天鹅里头的知识分子，但想和吉夫斯比脑力，那纯粹是浪费时间，不如回家算了。

如何对付发火的天鹅，是所有步入社会的年轻人都应该掌握的必备知识，因此我不妨在此概述一下正确程序。首先，俯身捡起某人丢掉的雨衣；其次，瞅准距离，把雨衣往天鹅脑袋上一罩；再次，利用随身带来以备不时之需的钩头篙，伸到天鹅身子下边用力一挑。天鹅躲进灌木丛，挣扎着从雨衣里脱身，而你则不紧不慢地回到船上，同时把刚好坐在檐顶上的若干位朋友一并领走。这就是吉夫斯的办法，我瞧不出有什么需要改进的地方。

阁下大人脚力不凡，很出乎我的意料。一行三人转眼就到了船上。

“你很机智，我的朋友。”阁下大人说。我们摇着桨向岸边划去。

“但求各位满意罢了，先生。”

阁下大人似乎再无话说，只见他蜷起了身子，陷入深思。他可真够全神贯注的，就连我不小心戳到一只螃蟹，把一品脱水溅到他脖颈里，他好像也浑然不觉。

停船靠岸的时候，他才回到人世。

“伍斯特先生。”

“哦，嗯？”

“我刚才一直在思考一件事，就是之前跟你说的——我的船怎么会漂走。”

听着不妙。

“这事可难了，”我说，“还是别琢磨了，永远没有答案的。”

“恰恰相反，我已经有了答案，我想这是唯一合理的解释。我相信，罪魁祸首就是女主人的儿子托马斯。”

“哟，我说，不是吧！怎么会？”

“他对我怀恨在心。而且这种事只有男孩子才做得出来，而且还是弱智的男孩子。”

他说完就朝屋子走去。我转身望着吉夫斯，吓得花容失色。不错，完全称得上花容失色。

“你听见了，吉夫斯？”

“是，少爷。”

“如何是好啊？”

“或许菲尔默先生三思之下会认为这个怀疑是无中生有。”

“可是这是事实啊。”

“的确，少爷。”

“那怎么办？”

“恕我也毫无头绪，少爷。”

我灵机一动，回到屋子，先向阿加莎姑妈报告说阁下大人已打捞上岸，然后爬上楼梯跑去泡了个热水澡，因为刚才那番历险之后我从头到脚都湿透了。我正心怀感恩地享受着融融的暖意，这时有人敲门。

来人是阿加莎姑妈的管家珀维斯。

“格雷格森夫人命我通知先生，请先生尽快去见夫人。”

“刚刚不是见过吗？”

“想来夫人是想再见一面，先生。”

“哦，好嘞。”

我又享受了几分钟的浸泡，然后擦干皮囊，走回卧室。吉夫斯正在屋里倒腾小衣。

“哦，吉夫斯，”我说，“我刚才一直思考来着。是不是该给菲尔默先生送一剂奎宁还是什么的？日行一善，啊？”

“已经办妥了，少爷。”

“那就好。我虽然说不上喜欢他，但也不想他害头伤风什么的。”我蹬上袜子，“吉夫斯，”我说，“你也知道吧，咱们得迅速想个辙。我是说，情况怎么样你清楚吧？菲尔默先生怀疑小托马斯，而且他的怀疑一点不错，万一他揭发此事，那阿加莎姑妈准会开除利透先生，如此一来，利透太太就会知道利透先生背着自己做了什么，那可如何结果如何收场，吉夫斯？我来告诉你吧。虽然本人单身汉一个，但我相信，要想维护婚姻生活中的你来我往，或者说是必要的和谐，那就决不能让太太拿到先生的罪证。女士们对这种事念念不忘，可不懂得忘记并原谅。”

“的确如此，少爷。”

“那怎么办？”

“我已经打点好了，少爷。”

“真的？”

“是，少爷。少爷和我分手后没多久，我就想到了解决办法。还是菲尔默先生的一句话启发了我。”

“吉夫斯，你真是神了！”

“多谢少爷夸奖。”

“是什么办法？”

“办法就是去告诉菲尔默先生，偷船之人正是少爷你。”

我眼前登时一花，情急之下抓了一只袜子。

“告诉他——什么？”

“最初菲尔默先生并不相信我的话。但我指出，少爷知道他在岛上，这可以肯定。他也同意这一点非常重要。我接着指出，少爷年纪轻，性格又不羁，偶尔恶作剧也大有可能。最后我成功将他说服，现在他绝不会再怀疑托马斯小少爷了。”

我盯着这家伙，心下一片茫然。

“这就是你所说的好办法？”我问。

“是，少爷。如此一来，利透先生就能如愿以偿，保住家教的工作。”

“可我呢？”

“少爷也不无益处。”

“啊，还有益处？”

“不错，少爷。我打探出格雷格森夫人请少爷前来的目的。夫人希望将少爷举荐给菲尔默先生，担任他的私人秘书。”

“什么？”

“是的，少爷。管家珀维斯凑巧听到格雷格森夫人和菲尔默先生谈及此事。”

“给那个超级胖子假正经当秘书！吉夫斯，我准得闷死。”

“不错，少爷。想来不会合少爷的意。与菲尔默先生共事，与少爷的志趣大相径庭。但是，格雷格森夫人若是帮少爷谋到这个职务，少爷自然不好意思推托。”

“可不是不好意思！”

“是，少爷。”

“可我说吉夫斯，还有一点，你好像没考虑到，我怎么脱身啊？”

“少爷？”

“阿加莎姑妈刚刚派珀维斯来传话说要见我。她这会儿说不定就在霍霍磨短斧呢。”

“少爷，还是不去为妙。”

“我有得选吗？”

“这间屋子窗户外面恰巧就是供水管道，稳固又结实。我可以开着两座车在门口接应，只要20分钟。”

我崇敬地看着他。

“吉夫斯，”我说，“你永远是对的。5分钟行不行？”

“那么10分钟好了，少爷。”

“就10分钟。你去打点一些适合旅行穿的衣服，其余的都交给我。好了，你赞不绝口的供水管在哪儿呢？”

2

西皮的自卑情结

我一个眼神将他镇住，心里大为震动。

“别说了，吉夫斯，”我说，“这次你管过头了。帽子好说，袜子没问题，外套、裤子、衬衫、领带、鞋罩，都好商量，这些我全以你的意见为准。但说到花瓶，两个字，没门。”

“遵命，少爷。”

“你说什么这只花瓶和室内布局一如方枘圆凿，我不管你这话什么意思，总之，吉夫斯，我反对，in toto[1]。我喜欢这只花瓶，它赏心悦目，又引人注意，并且完全值那15镑的价钱。”

“遵命，少爷。”

“那就这么着了。要是有电话找我，就说我到梅菲尔报报社找西珀利先生去了，要坐上一个小时。”

我吩咐完就匆匆走了，步履很是内敛加傲然，因为我心里对他很不高兴。前一天下午，我在河岸街[2]闲晃，不知不觉挤进了那种犄角之类的地方，就是总有小贩扯着雾角般的嗓门搞拍卖的据

1 [拉丁]意为完全。

2 The Strand，又译斯特兰德大街，位于伦敦中部，以剧院、酒店、商店等闻名。

点。具体经过我有点云里雾里，总之出来以后我手里就多了一只绘有红龙的大瓷花瓶。其实除了龙，还有鸟啊，狗啊，蛇啊什么的，还有一只貌似是猎豹。这会儿呢，这座鸟兽园就端坐在客厅入口上方的托架上。

这玩意儿很讨我喜欢，又亮堂又喜庆，抓人眼球。正因为如此，看到吉夫斯眉头一皱，又无端发表了一段艺术批评，我就不遗余力教训了他一顿。鞋匠莫管什么来着[1]，我就想说这句，可惜一时没想起来。我是说，一个贴身男仆，对花瓶指手画脚是怎么个意思？少爷收藏什么样的瓷器是他该管的吗？绝对不行，我就是这么跟他说的。

一直到了梅菲尔报报社，我这火气也还没消，想到跟老西皮吐吐苦水，准能减轻我不少精神负担，因为西皮跟我是老交情，准会理解我、同情我。结果勤杂小弟领我进了后面的小房间，也就是西皮老兄处理编辑工作事宜的地方，我发现他一副心事重重的样子，就没忍心再拿自己的事儿烦他。

据我所知，编辑界的老兄工作了一阵子之后都是一副愁眉苦脸的架势。六个月前，西皮还是个无忧无虑的公子，整天笑呵呵的。不过那时候他是所谓的自由职业者，这家投个短篇小说，那家发几篇诗歌什么的，整体上过得挺快活。但自从他到这家破报社做了编辑，我就感到他变了个人似的。

他这天的“编辑相”比往日更甚，我见状就把苦水咽到肚子里，一心想给他打打气，于是说他上一期报纸办得相当好。实话实说，上一期我根本没读过，但是在给兄弟鼓劲的问题上，咱们

---

1 Sutor, ne ultra crepidam，拉丁语警句，意为“鞋匠莫管鞋以外的问题”，出自老普林尼的《自然史》（Naturalis Historia）。

伍斯特向来不惮于耍点手段。

效果立竿见影，他活泼热情了起来。

“你真心觉得好？”

“顶呱呱，老伙计。”

“全是好文章，啊？”

“满满的！”

“那首诗——《寂寥》呢？”

“妙啊！”

“绝对是天才之作。”

“货真价实的好料。是谁写的？”

“上面有署名。”西皮的口气有点冷淡。

“我老是记不住名字。”

“诗的作者，”西皮答道，“是格温德琳·莫恩小姐。你认识莫恩小姐吗，伯弟？”

“好像不认识。人不错？”

“天啊！”西皮应道。

我敏锐地盯着他。要是你去问我阿加莎姑妈，她准会说——其实就算你不问，她十有八九也会主动说——我是个言语无味、没心没肺的傻瓜。她有一回还说我差不多就是行尸走肉，我不是说她的话没有道理——广义大体上来说；不过生活中有那么一个领域，我可是神探霍克肖再世：在鉴别“爱的少年梦”这个问题上，在大都会所有同龄同重量级的人当中，我准排第一。这几年里，我有不少哥们儿纷纷落网，所以我现在隔着一里地就能嗅出苗头。只见西皮靠着椅子背，咬着一截橡皮，眼神涣散，我立刻就下了诊断书。

“说吧，伙计。”我说。

“伯弟，我爱她。”

“你跟她表白没有呢？”

“我怎么好开口？”

“干吗不？就当是闲聊天呗，多容易。”

西皮一声呻吟。

“伯弟，你知道这是什么滋味吗？我觉得自己就是只卑微的小虫子。”

“可不！我在吉夫斯面前偶尔就是这种感受。但今天他过分了。老兄，估计说来你都不信，他居然好意思批评我买的花瓶——”

“和她一比，我矮了一截。”

“是个高个子？”

“是精神境界。她举手投足都是灵性，我呢？就是烂泥。”

“你这么觉得？”

“不错。一年前，我因为在牛剑赛艇之夜给了警察一拳，结果被判30天监禁，不得以罚款相抵，你不记得了？”

“你当时喝多了嘛。”

“是啊。一个酗酒的囚犯有什么资格去追求女神？”

我为这个可怜的家伙心痛。

“老伙计，你是不是有点夸张了？”我说，“凡是教育良好的，赛艇之夜哪有不多喝两盅的，注定要和‘尖头曼’[1]惹点小麻烦。”

1 Gendarme，法语的警察。

他大摇其头。

“没用的，伯弟，我知道你一片好心，但说什么都是枉然。我只能远远地崇拜她。每次面对她，我就莫名地不知所措，舌头打结，别说是鼓起勇气向她求婚，就连……进来！”他大喊一声。

他才刚刚进入状态，有了一点口若悬河的雏形，这时却响起一阵敲门声。其实呢，与其说是敲门，还不如说是捶门，或者说砸门。只见来客体型壮硕，一副自命不凡的样子，眼风凌厉，鹰钩鼻、高颧骨。颐指气使——就是这个词。他的衣领很不讨人喜欢，估计吉夫斯见了他的裤子剪裁也要有话说，但人家就是一副颐指气使的神气。此君有种咄咄逼人的架势，颇像是交警。

“啊，西珀利！”他开口道。

老西皮表现得相当紧张。他嗖地站起身，维持着拘谨的站姿，配合着呆头呆脑的表情。

“请坐下吧，西珀利。”那厮说。他对我全然不加理会，只是狠狠地盯了我一眼，又朝我撇了撇鼻子，就把我伯特伦从他的生活中抹去了。“我又带来一篇小小的作品——哈！有空慢慢看，亲爱的朋友。”

“是，先生。”西皮答道。

“我想你会喜欢的。但是有一个问题。西珀利呀，希望你这次能改善一下下编排，把这篇印在比较突出的版面，不要再像《托斯卡尼古城之名胜》那篇。我心里也很明白，你们办周报的，排版是首要考虑因素，但看到自己的创作——这么说吧，排在不起眼的角落，夹在一堆订做裁缝店和娱乐场所中间，自然会心生不悦。”他顿了一顿，眼中闪现出来者不善的光，“你会记在心里吧，西珀利？”

“是，先生。”西皮应道。

“感激不尽，亲爱的朋友，”那家伙又恢复了和气的神色，“我或许不该说，还请见谅。我绝对不是想要对你们的——哈！编辑策略指手画脚，不过呢——好了，再见，西珀利。我明天3点再来，问问你的决定。”

他说完就走了，空气里随即空了一块10×6英尺的空缺出来。等这片空间合拢后，我站起身。

“怎么回事？”我问。

老西皮好像突然发疯了，我不禁一惊。只见他以手加额，抓着头发，揪了一阵子，猛踢桌子，最后瘫坐在椅子里。

“叫他去死！”西皮开口道，“我诅咒他回教堂的路上踩到香蕉皮，扭到两只脚腕！”

“他是谁啊？”

“我诅咒他患上咽喉炎，没办法主持期末布道！”

“好好，那他究竟是谁？”

“我的老校长啊，伯弟。”西皮说。

“哦，那，我亲爱的兄弟——”

“我以前学校的校长。”他痛苦地望着我，“老天！难道你还不明白？”

“压根没明白，伙计。”

西皮一跃而起，在地毯上踱了一两圈。

“想想看，”他说，“要是见到从前学校的校长，你是什么感受？”

“没可能。他老人家已经归西了。”

“那，我来讲讲我的感受吧。我就像又回到了小四班[1]，因为扰乱纪律被班主任送去见校长。伯弟，虽然只此一次，但我永远记忆犹新。仿佛还是昨天发生的事，我清晰地记得敲开沃特伯里的门，听见他说‘进来！’，像狮子对基督徒嘶吼。我进了门，拖着步子走上地毯，他眼睛一眨不眨地盯着我，我吞吞吐吐地解释原委。然后，好像过了一个世纪，我俯下身，老地方狠狠吃了六记，那藤条是如蛇之啮呀[2]。时至今日，每次见他来我办公室，我那旧伤口就隐隐作痛，嘴里只会说‘是先生’‘不是先生’，好像自己只有14岁。”

我开始明白状况了。西皮他们这帮卖文为生的人有个毛病，就是会染上艺术家脾气，说不准什么时候就要爆发。

“他老是带着什么《旧学校之回廊》《塔西佗鲜为人知的历史》之类的狗屁文章跑来，我又没胆量说不行。我们报纸可是专门报道社会文化风貌的。”

“西皮，你得坚定原则，原则啊，老兄。”

“怎么可能？我一见他就觉得自己像团成一团的吸墨纸。每次他用鼻子尖对准我，我就一阵腿软，好像又回到学生时代了。伯弟，这是迫害呀。说不定什么时候我们老板就会发现，并且准确无误地判断我准是脑子坏了才敢发那种东西，立刻炒我鱿鱼。”

我一阵沉思。还真是个难题。

“你看这么着——”我说。

---

1 按照英国公学当时的分级体系，学龄为13~14岁的学生进入公学第一年念“小四”班（Lower Fourth）。

2 出自《箴言》23章32节：如蛇之噬、如虺之啮。

“没用。”

“仅供参考罢了。”我回答。

“吉夫斯，”到家以后我立刻呼唤他，“待命！”

“少爷？”

“把脑筋磨快。我手头有个案子，需要你全力以赴。你有没有听说过格温德琳·莫恩小姐？”

“她著有《秋叶》《英伦六月天》等作品。听过，少爷。”

“老天，吉夫斯，你好像无所不知。”

“少爷过奖。”

“那，这位莫恩小姐正是西珀利先生仰慕的对象。”

“是，少爷。”

“但不敢对她开口。”

“情况通常如此，少爷。”

“觉得自己配不上。”

“一点不错，少爷。”

“可不！但事情还没完。吉夫斯，这事儿你先记好放在一边，专心领会接下来的问题。你知道，西珀利先生在一家周报做编辑，专注于报道风流社会文化的。现在呢，他从前的校长老是跑去找他，尽倾倒一些根本不适合风流社会的垃圾文章。还清楚吧？”

“一清二楚，少爷。”

“这个没骨气的西珀利先生千般不愿，还不得不帮人家发表，因为他没胆量叫对方哪凉快哪待着去。总之，吉夫斯，他根本的问题就是有那种——咦，话到嘴边我就想不起来了。”

“可是自卑情结，少爷？”

“对对，就是自卑情结。我在阿加莎姑妈面前就有。你是知道我的，吉夫斯，要是救生艇上需要志愿者呢，我二话不说就自告奋勇。即使有人说‘别下矿井，爹地’，我的决心也丝毫不会动摇——”

“无疑，少爷。”

“可是呢——吉夫斯，接下来的话你可仔细听着——只要听说阿加莎姑妈亮出短斧并朝我的方向移动，我拔腿就跑。原因呢？因为她能让我产生自卑情结。西珀利先生的情形也一样。情况需要的话，他会眼皮也不眨一下就挺身去堵枪口，但他却不敢向莫恩小姐求婚，也不敢对老校长当胸一脚，叫他把破烂的《旧学校之回廊》另投别家，因为他有自卑情结。你说怎么办，吉夫斯？”

“只怕一时之间尚想不到万全之策，少爷。”

“你需要时间思考，嗯？”

“是，少爷。”

“慢慢来，吉夫斯，慢慢来。说不定一觉醒来就有思路了。莎士比亚怎么形容睡眠来着，吉夫斯？”

“温柔扫却身心的疲惫，少爷。”

“说得好。那，就这样了。”

知道吗，睡一觉最有助于打开思路。第二天一醒来我就发现，我在睡梦中已经将一切安排就绪，想出了一条妙计，绝不次于福煦[1]。我按下铃，等着吉夫斯端早茶进来。

我又按了一遍，结果过了5分钟，他才端着香气四溢的热饮现身。

“很抱歉，少爷，”面对我的责备他解释道，“我没有听见铃声，我正在客厅里，少爷。”

“嗯？”我啜了一口热茶，“忙前忙后的，是吧？”

“给少爷新买的花瓶掸灰。”

我心里暖洋洋的。我最喜欢能放下骄傲、知错就改的人。当然了，他并没有开口认错，但咱们伍斯特听得懂弦外之音。看得出，他正调整心态，拥抱那只花瓶。

“怎么样？”

“是，少爷。”

好像在打哑谜，但我没往心里去。

“吉夫斯。”我说。

“少爷？”

“关于昨夕咱们商讨的事宜。”

“少爷指西珀利先生的事？”

“不错。你不用操心了，叫大脑停工吧，不需要你的服务了，因为我已经想到了办法。就是灵光一闪。”

“果然，少爷？”

“可不是灵光一闪。这种问题呢，吉夫斯，首先就是要研究——我想说什么词来着？”

“恕我不知道，少爷。”

---

1 斐迪南·福煦（Ferdinand Foch，1851—1929），一战法国元帅、协约国军总司令。

“挺常用的一个词。”

“心理，少爷？”

“就是这个名词。是名词吧？”

“是，少爷。”

“痛快！那，吉夫斯，请注意西皮的心理。西珀利先生呢，你懂我的意思吧，眼睛上的鳞还没有掉下来[1]。所以，吉夫斯，我的任务就是想个计策，让那些鳞掉下来。明白？”

“不是很明白，少爷。”

“嗯，我是这么个意思。眼前呢，这个沃特伯里校长对西珀利先生肆意践踏，因为此君有尊严护体——我这么说你懂吧？这么多年过去了，西珀利先生已经长大成人，每天例行刮胡子，并且坐着重要的编辑职位，但他永远忘不了那个家伙曾经赏过他六记。结果：自卑情结。要解开这个情结，办法只有一个，吉夫斯：安排西珀利先生目睹沃特伯里尊严扫地。这样一来，他眼睛上的鳞就掉下来了。吉夫斯，这你肯定明白吧？反思一下你自己吧。你肯定有一些朋友亲戚特别崇拜你敬重你。假设有一天晚上，他们看见你酩酊大醉，在皮卡迪利广场中央穿着内衣大跳查尔斯顿舞[2]。结果如何？”

“可能性微乎其微，少爷。”

“啊，咱们假设一下嘛。他们眼睛上的鳞准会掉下来吧？”

“十有八九，少爷。”

“再举一个例子。你记不记得，大概一年前，阿加莎姑妈曾指责某间法国酒店的女仆偷了她的珍珠项链，结果发现东西好端

1 出自《使徒行传》9章18节：忽有若鳞者，自其目脱落，即复明，起而受洗。

2 查尔斯顿舞（Charleston），20世纪20年代流行的一种交谊舞，节奏明快有力。

端地摆在抽屉里？”

“是，少爷。”

“事发之后她真是丢人丢到了姥姥家。这你承认吧？”

“斯宾塞·格雷格森夫人当时的确不如往日风光。”

“不错。好，跟上我，像猎豹一样。我目睹了阿加莎姑妈由盛转衰，眼睁睁看着她面色涨得紫红，又亲耳听见她被大胡子酒店经理用清脆的法语一顿数落，她却连眉毛都不敢抬一下，我当时就觉得眼睛上有鳞落下来。吉夫斯啊，这是我人生中第一次。从童年起，我对这位夫人就是又敬又怕，这种感觉一下子消失了。诚然，这只是那么一瞬，但那一瞬间，我看透了阿加莎姑妈的本质——我曾以为她是食人鱼之类的，英雄好汉都要闻风丧胆，但她其实就是个可怜的呆瓜，搬起一块巨石砸了自己的脚。那一瞬间，吉夫斯，我本来可以给她点颜色尝尝，但秉着对女性的骑士精神，我打消了这个念头。这你没有异议吧？”

“没有，少爷。”

“那好。我确信，要让西珀利先生眼睛上的鳞掉下来，只要让他瞧见这个沃特伯里，这个老校长，从头到脚沾了一身面粉，跌跌撞撞地冲进他的办公室。”

“面粉，少爷？”

“面粉，吉夫斯。”

“不过少爷，沃特伯里为什么要如此行事？”

“因为这不由他做主。面粉就在门顶上，其余的就交给重力了。吉夫斯，我决定给这个沃特伯里设个机关。”

“这，少爷，我十分不赞成——”

我举手制止他。

“安静，吉夫斯！还没完呢。你别忘了，西珀利先生倾慕着格温德琳·莫恩小姐，但没有勇气开口。我看你是给忘了。”

“没有，少爷。”

“那，我相信，一旦他不再惧怕这个沃特伯里，就会信心百倍，谁也挡不住。他准保要冲到人家面前，把心抛在对方脚下，吉夫斯。”

“这，少爷——”

“吉夫斯，”我的口气有点严厉，“每次我提出计划啦、策略啦、行动纲领什么的，你总喜欢来一句‘这，少爷’，语气很不友善。我很不喜欢，你这个习惯得改掉。我刚才概述的这个计划还是策略还是行动纲领的，可谓天衣无缝。否则敬请指正。”

“这，少爷——”

“吉夫斯！”

“少爷请见谅。我只是想说，私以为，少爷将西珀利先生的问题本末倒置了。”

“你说本末倒置是什么意思？”

“少爷，以我之见，倘若先促使西珀利先生向莫恩小姐开口求婚，效果会更加理想。若是这位小姐欣然答允，我想西珀利先生定然会欢欣鼓舞，如此一来，就不难在沃特伯里先生面前坚定立场。”

“啊，但我一个问题就能把你考倒——怎么促使西珀利先生开口？”

“少爷，我是这样设想的。莫恩小姐身为女诗人，秉性浪漫，若她得知西珀利先生身负重伤，口中还念着她的名字，理应动容。”

“你是说，神志不清地呼唤她？”

“少爷说得不错，正是神志不清地呼唤她。”

我坐起身，用茶匙冷冷地指着他。

“吉夫斯，”我说，“我绝不会指责你胡说八道，但这可不像你呀，不是你的一贯水准嘛。吉夫斯，你是不中用了。西珀利先生身负重伤，不知得等多少年呢。”

“这的确需要另行考虑。”

“真想不到，吉夫斯，你居然这么没义气，建议咱们在这事上袖手旁观，年复一年地苦等西珀利被卡车撞什么的。不行！就按我说的办，吉夫斯。早饭后还请你出门跑一趟，买一磅半上等面粉。剩下的就交给我吧。”

“遵命，少爷。”

众所周知，对于此类事宜，首要任务是全面掌握地形。不了解地形后果如何？瞧瞧拿破仑和滑铁卢的凹路就知道了。那个蠢驴！

我对西皮办公室的地形则了如指掌。情况如下：我就不画地形图了，根据过往经验，每次读侦探小说，读到作者绘制的某庄园地形图那部分，像发现尸体的房间啦、通向过道的楼梯啦，就是那一类的，读者总是一眼扫过。我简单概括一下好了：

梅菲尔报报社设在柯芬园旁边一幢老得发霉的建筑的第二层，走进前门，眼前即呈现出一处过道，通往“俊友兄弟”店铺，他们做的是种子和园艺产品生意。请忽视他们兄弟，直接上楼，然后就会看到两扇门。一扇门上写着“闲人免进”，进了门就是西皮的编辑圣殿。另一扇门上则注有“问讯处”字样，进去之后是一间小屋，屋里坐着一位一边嚼薄荷糖一边读《泰山历险记》的勤杂小弟。勤杂小弟身后又是一扇门，直通西皮的办公室，跟擅闯“闲人免进”那扇门是一个效果。就这么简单。

我主意已定，面粉就堆在“问讯处”那扇门上。

问题来了：给校长这种正派公民（就算人家学校不如你的有档次吧）铺设机关，决不能掉以轻心、敷衍了事。于是乎，我精心拟定了一份午餐菜单，话说我以前可从来没费过这么多心思。吃过营养均衡的正餐，接着是几杯干马提尼，再佐以半瓶淡味干香槟，最后一盅白兰地，此时让我给大主教铺设机关也没问题。接下来的主要难题就是支开勤杂小弟，因为往门顶上堆面粉袋的时候，你总不希望有证人在场吧。所幸，人人都有软肋，很快我就心生一计，温言通知那小伙，说他家里有人病了，要他即刻赶往克里克伍德。事成之后，我就爬上椅子，开始行动。

上次干这种活已经是好久好久以前啦，但我的手艺却不减当年。我把面粉口袋妥妥地堆在门上，只消一推门就能成事。我跳下椅子，从西皮办公室的正门退出来，回到街上。西皮还没现身，这最好不过，但我知道，他通常在差5分3点的时候晃悠回来。我在街面上等了一阵，很快就看见沃特伯里老兄从街角冒出来了。我见他穿过正门，便拔脚到附近转转。我的原则是，事发的时候得躲远点。

考虑到风霜雨雪等综合因素，据估计，西皮眼睛上的鳞掉下来应在三点一刻左右（格林尼治标准时间），因此，我在柯芬园的小土豆大白菜中间转悠了约莫20分钟，然后依原路返回报社。我爬上楼梯，走进“闲人免进”那扇门，满心以为会见到老西皮，哪知道眼前赫然是沃特伯里那厮——我的一腔讶异懊恼可想而知。只见他公然坐在西皮的办公桌前读着报纸，好像这地方是他家似的。

更重要的是，他身上一丝面粉的痕迹也没有。

“老天！”我忍不住说。

看来我终究还是兵败滑铁卢了。但要命，我哪知道这位堂堂的校长居然厚着脸皮直闯西皮“闲人免进”的办公室，而没有按正常有序的步骤走公用的那扇门？

他扬起鹰钩鼻对准我。

“怎么？”

“我找西皮。”

“西珀利先生还没回来。”

他语气尖酸刻薄，看来是不习惯等人。

“嗨，一切还好吧？”我试图缓解气氛。

他本来已经埋头报纸了，闻言又抬起头，好像把我当累赘。

“抱歉？”

“哦，没事。”

“你刚才说话了。”

“我就是问‘一切还好吧’，知道吧？”

“什么还好？”

“一切。”

“我没听明白。”

“算了。”我说。

这轮寒暄有点无以为继，对方不太爱搭理人。

“天气不错。”我说。

“嗯。”

“据说庄稼盼着下雨。”

他本来又埋首报纸了，这回被拉回现实，有点气呼呼的。

“什么？”

“庄稼。”

“庄稼？”

“庄稼。”

“什么庄稼？”

“哦，就是庄稼呗。”

他把报纸一放。

“你似乎迫切希望告诉我一些庄稼的信息。究竟是什么？”

“听说庄稼盼着下雨。”

“是吗？”

对话到此为止。他继续读报，我找了张椅子坐下，拄着手杖的把手。日子就这样静静地流淌。

又过了两个小时，抑或只有5分钟，走廊里传来一阵鬼哭狼嚎的异响，好像小动物受伤了。沃特伯里那厮抬起头，我也抬起头。

异响越来越近，径直进了屋子。原来是西皮在唱歌。

“——我爱你。我只有这句话。我爱你，我哎——哎——爱你。永远的——”

他不唱了，我只恨太迟。

“哦，嘿！”他说。

我吓了一跳。上次见到西皮，大家还记得吧，他还是一副“我不知道上膛了”的样子。一脸憔悴，愁眉苦脸，两只黑眼圈。就是那类症状。可眼前呢，24小时还没过，他就变得精神焕发了。只见他双目炯炯有神，灵活的嘴唇弯成一道幸福的弧线，仿佛多年以来早饭前都例行灌下6便士的量似的。

“嘿，伯弟！”只听他说，“嘿，沃特伯里老兄！不好意思来晚了。”

沃特伯里那厮听到这么亲昵的呼语可一点也不高兴。他摆出一副冷冷的姿态。

“你来得太晚了。不妨告诉你，我等了半个小时以上，要知道，我的时间可不是没有价值的。”

“对不住对不住对不住，”西皮欢天喜地地说，“你是来问我昨天那篇《伊丽莎白时期的戏剧家》怎么样，是吧？这个嘛，我读过了，很抱歉，沃特伯里，我亲爱的朋友，答复是毙掉。”

“你说什么？”

“对我们一点用也没有，完全不对路。我们报纸的定位是社会文娱，比如初进社交界的小姐参加古德伍德赛马会的穿着打扮啦，知道吧。我昨天还在公园里遇见贝蒂·布特尔小姐来着。她嫂子也就是皮布尔斯公爵夫人，人称‘疯姐儿’的。就是这种乱七八糟的。我们的读者对《伊丽莎白时期的戏剧家》不感兴趣。”

“西珀利——”

西皮伸出手在他背后轻拍了两下，如同慈父一般。

“听着，沃特伯里，”他温和地说，“咱们都心知肚明，我总不好意思拒绝老朋友，但我也得为报纸负责。不过呢，不用灰心丧气，坚持不懈，总会有成果的。你那篇东西大有希望，但你得研究一下市场。时刻留神，看编辑需要什么内容。好了，我有个建议：不妨写一篇轻松愉快的小品文介绍宠物狗。你大概也发现了，红极一时的巴哥犬最近已经不再风靡，取而代之的是狮子狗、格里芬犬和锡利哈姆梗。从这个角度入手，然后——”

沃特伯里那厮大步迈向门口。

“我对从‘那个角度入手’没有兴趣，”他生硬地说，“我那篇《伊丽莎白时期的戏剧家》，你不需要，自然有别的编辑欣赏我的作品。”

“就是要有这个劲儿，沃特伯里，”西皮亲切地说，“永远别放弃。只要功夫深，铁杵磨成针。编辑要了你一篇稿子，就再投一篇。要是被退稿，那就换一家。继续努力，沃特伯里，我会密切留意你未来发展的。”

“费心，”沃特伯里那厮愤愤地说，“你的专业意见想必大有助益。”

他说完就摔门走了。我转身望着西皮，只见他正在屋子里打转，像只兴奋的沙锥鸟。

“西皮——”

“嗯？什么？我不能久留，伯弟，不能久留，回来就是通知你一声。待会儿要带格温德琳去卡尔顿吃下午茶。伯弟呀，我是世界上最幸福的人。订婚了，知道吧？有未婚妻了。万事俱备，签字画押了。婚礼——6月1日11点整，在伊顿广场圣彼得教堂。礼物请于5月末前送达。”

“西皮！静一静。怎么回事？我还以为——”

“嗨，说来话长啦，这会儿没空跟你说。问吉夫斯吧，他跟我一块过来的，这会儿正在外面等着。总而言之，我看到她伏着身子啜泣，就知道只要我一句话就够了。于是我握住她的小手，然后——”

“你说伏着身子是什么意思？在哪儿？”

“你家客厅里。”

“什么？”

“什么什么？”

“她怎么会伏着身子？”

“因为我躺在地上啊，笨蛋。姑娘家的看到人家躺在地上自然要俯下身子。回见了，伯弟，我赶时间。”

还没等我反应过来，他已经出了门。我急速猛追，但还没到走廊，他已经在下楼梯了。我一路追去，到了路面上一看，连个人影都不见。

其实呢，人影还是有的。吉夫斯正站在人行路上，若有所思地望着通衢上的一只抱子甘蓝。

“西珀利先生已经走了，少爷。”他看到我冲出来。

我停下脚步，擦擦额角。

“吉夫斯，”我问，“这是怎么一回事？”

“关于西珀利先生的恋爱，很高兴地报告少爷，一切如他所愿。他和莫恩小姐喜结良缘。”

“我知道，订婚了嘛。但这是怎么回事？”

“恕我擅自做主，借着少爷的名义打电话给西珀利先生，请他即刻到公寓来一趟。”

“哦，他就是这么去了公寓？然后呢？”

“接着我又擅自做主，打电话给莫恩小姐，称西珀利先生遭遇了严重意外。不出所料，这位小姐听到消息情绪大为震动，并说自己会立刻动身，赶到西珀利先生身边。她到达以后，一切顺理成章。原来莫恩小姐一直对西珀利先生有情，因此——”

“我就知道，等她发现根本没有什么严重意外，觉得自己被要了，一定气得要命。”

“西珀利先生的确遭遇了严重意外，少爷。”

“真的？”

“是，少爷。”

“这也太巧了。我是说，你早上就念叨这事儿来着。”

“其实并非巧合，少爷。在打电话给莫恩小姐前，我擅自做主，拿起少爷放在屋角的高尔夫球杆——我想是叫作推杆吧——对准西珀利先生的头部用力一挥。少爷或许记得，早上出门前正拿着练球。”

我目瞪口呆。我向来就知道，吉夫斯智慧过人，在领结和鞋罩的问题上从来不出错。但我从来没想过，原来他还有如此惊人的体魄。这下子，我对他又有了全新的认识。我望着他，心中只有一个念头：我眼睛上的鳞掉下来了。

“老天，吉夫斯！”

“我是不得已才出此下策，少爷。”

“听着，吉夫斯，我没弄明白。西珀利先生看到你举着推杆打他，难道没气得冒火？”

“他并不知道是我做的，少爷。我耐心等到他转身那一刻。”

“那他脑袋肿了这么大一块，你又是怎么解释的？”

“我说是少爷新买的花瓶掉下来砸的。”

“这他也信？那花瓶也得摔碎了才成啊。”

“花瓶的确摔碎了。”

“什么？”

“为了取得逼真的效果，我只有狠心将花瓶打碎，少爷。由于一时激动，我下手太重，花瓶只怕碎得难以修复了。”

我挺起胸膛。

“吉夫斯！”我说。

“抱歉，少爷，或许少爷该戴上帽子？起风了。”

我眨眨眼睛。

“我没戴帽子吗？”

“没有，少爷。”

我伸手摸摸脑瓜顶。他说得不错。

“还真是！肯定是落在西皮办公室里了。吉夫斯，在这儿等着，我回去取。”

“遵命，少爷。”

“我有不少话跟你说。”

“多谢少爷。”

我狂奔回楼上，直接冲进门。有什么软绵绵的东西掉到我脖子上，接下来的那一分钟，世界化成了一大堆面粉。由于一时情急，我走错了门，最终结果：要是我还有哪位朋友患有自卑情结，这下也该彻底痊愈了。伯特伦玩儿完了。

3

吉夫斯和欢乐圣诞季

信是16日早上送到的。我当时正忙着塞早饭，几口咖啡和腌鱼下肚，有了点底气，觉得事不宜迟，该立刻跟吉夫斯宣布消息。莎士比亚有言道，迟早要做，拖个什么劲儿啊。当然啦，他听了难免失望，甚至还会伤心。可该死，时不时地失望一下有益身心健康嘛。让他懂得“人生艰辛人生实在”[1]的道理。

“哦，吉夫斯。”我开口。

“少爷？”

“威克姆夫人寄来书函一封，请我去斯凯尔丁斯过节。所以呢，你把必要的衣物收拾收拾，咱们23号退兵斯凯尔丁斯。记得多备几条白领结，还要带几套实用的乡间户外服。估计得待上一阵子。”

他没应声。我感觉得到，他正对我施以冷峻的眼神。我故意埋头挖果酱，避免跟他对视。

“我记得少爷计划圣诞一过就前往蒙特卡洛的。”

1 模仿朗费罗《人生颂》（A Psalm of Life，1839）“人生是真切的！人生是实在的！”一句（杨德豫译）。

“是，咱们不去了，计划有变。”

“遵命，少爷。”

所幸这时电话铃响了，否则肯定免不了一阵尴尬。吉夫斯过去取下听筒。

“是？……是，夫人，遵命，夫人。我这就请伍斯特少爷听电话。”他把听筒递给我，“是斯宾塞·格雷格森夫人，少爷。”

知道吗，有时候我不禁觉得吉夫斯是不中用了。他如日中天的时候，脑筋一转就知道跟阿加莎姑妈说本少爷不在。我苛责地瞟了他一眼，接过话筒。

“喂？”我说，“在吗？喂？喂？我是伯弟。喂？喂？喂？”

“别喂了，”我这老亲戚以一贯的简单粗暴的方式吼道，“你以为自己是鹦鹉呢？有时候我巴不得你是，说不定就能有点脑子。”

一大早就跟我用这种语气，实在大大地不对头。可咱们能有什么办法？

“伯弟，威克姆夫人说要请你去斯凯尔丁斯过圣诞。你去不去？”

“去呀。”

“那好，你记着好好表现。威克姆夫人跟我可是故交。”

我可没心情在电话里讨论这种事。其实面对面也不行，总之，隔着一根电话线，坚决不许。

“不劳您吩咐，姑妈，”我生硬地说，“我自然会遵守英国绅士应有的礼仪，大驾——”

“你说什么？大点声，我听不见。”

“我说‘好嘞’。”

“哦？这样啊。那你可记好了。我特别希望你在斯凯尔丁斯逗留期间克制一下傻里傻气的作风，这其中另有原因。届时罗德里克·格罗索普爵士也会在。”

“什么！”

“吼什么吼！都快被你震聋了。”

“你说罗德里克·格罗索普爵士？”

“是啊。”

“你指的是大皮·格罗索普吧？”

“我指的就是罗德里克·格罗索普爵士。所以我才说罗德里克·格罗索普爵士。好了，伯弟，你给我仔细听着。还在吧？”

“是，还在呢。”

“那好，听着。经过我百般努力，面对各种不利证据，总算说服了罗德里克爵士，勉强让他相信你并没有精神失常。他表示愿意暂时抛开成见，再见你一面。因此，你在斯凯尔丁斯期间的表现——”

我挂上听筒，浑身发抖。一点不错，心都抖了。

这事我以前要是讲过的话，各位可得提醒我一下。不过大家也可能对此一无所知，所以我还是略略提一提这位格罗索普吧。此君是个让人望而生畏的老先生，头上寸草不生，眉毛却过于繁盛，职业是精神病医生。具体原因我至今也没琢磨明白，反正我一度跟他的千金霍诺里娅订了婚约。此女精明强悍，好读尼采，笑起来像海浪冲击苍凉多石的海岸。后来事情告吹，因为一系列事故导致准岳父认定我脑瓜坏了。打那以后，我就登上了他“和我共进午餐的神经病”名单。

我觉着就算是在圣诞季，虽说到处是一片和平归其所悦之人，但和这位老先生共聚一堂，只怕日子要不好过。要不是因为有特殊原因非前往斯凯尔丁斯不可，我准要取消这趟行程了。

“吉夫斯，”我魂不守舍地说，“知道吗？罗德里克·格罗索普爵士也要到威克姆夫人家里做客。”

“是，少爷。少爷用完了早餐的话，我可以撤下了。”

态度冷傲，毫无同情心，一点儿也没有让人喜闻乐见的同仇敌忾的精神。不出所料，得知蒙特卡洛之行取消之后，他果然不高兴了。吉夫斯秉持小赌怡情的观念，我知道，他老早就憧憬着在牌桌上碰碰手气。

但咱们伍斯特懂得不动声色。对于他不合时宜的情绪，我故作不知。

“收拾吧，吉夫斯，”我傲气十足，“你忙你的。”

之后那几天，主仆关系继续这么别扭着。每天早上他给我端来早茶，总有点冷冰冰爱理不理的样子。23号下午开车前往斯凯尔丁斯的时候，他仍然若即若离，一路沉默不语。到访的第一晚，他给我准备晚餐礼服，在给我系礼服衬衫饰纽的时候，明显是在赌气。总而言之，我心里异常不是滋味。24号早上醒来以后，我躺在床上，决定为今之计，只有把事情对他和盘托出，期望他善良的天性能占上风，最终达成和解。

话说我这天早上觉得美滋滋的，因为一切顺风顺水。女主人威克姆夫人一管鹰钩鼻，神似阿加莎姑妈，按说会让我浑身不舒服，但她对我的到来表现得还算亲切。她的千金罗伯塔更是热情洋溢，不得不承认，我的心弦忍不住有些颤动。至于罗德里克爵士，我们简短地寒暄过，他看来感染了欢乐圣诞的气氛，看到我的时候，他嘴角像是抖了一抖——估计就是他的“笑”法吧，然后说了一句“哈，年轻人！”虽然口气算不得热络，但好歹开口了。在我心中，这已经无异于狮子和羔羊同卧了[1]。

总而言之，此时此刻，生活真是对了脾胃，因此我决定把情况一五一十地说给吉夫斯听。

“吉夫斯。”我见他端着热气氤氲的早茶进了屋。

“少爷？”

“关于咱们此次拜访的事，我有几句话说。我思来想去，认为你有权知道真相。”

“少爷？”

“蒙特卡洛计划取消，想来你很扫兴吧，吉夫斯。”

“哪的话，少爷。”

“哦，没错，不用否认了。你一心一意盼着在世界堕落之源越冬，我清楚。当时我宣布消息的那一刻，我看到你眼睛直放光，鼻子里还哼了一哼，手指也抖了抖。我懂，我都懂。如今计划有变，你心如刀绞。”

“哪的话，少爷。”

“哦，没错，不用否认了。我都看在眼里。好了，我希望你了解，吉夫斯，此次前来，绝不是我闲来无事心血来潮。我接受威克姆夫人的邀请，并不是因为一时任性反复无常。出于多方考虑，我为此已经伺机等了好几个星期。首先，在蒙特卡洛那种地

---

1 出自《以赛亚书》11章6节：狼与羔羊同居、豹与山羊同卧、稚狮与牛犊肥畜共处。

方，会不会沾染欢乐圣诞的精神？”

“少爷需要欢乐圣诞的精神吗？”

“那还用说。我盼的就是这个。嗯，这是头一件事。还有另一件。吉夫斯，我这个圣诞必须要在斯凯尔丁斯过，因为我知道大皮·格罗索普会在这儿。”

“少爷指罗德里克·格罗索普爵士？”

“不，是他侄子。估计你见过，就是那个淡金色头发、整天咧嘴傻笑的家伙。我想跟他算账想好久了。那个易怒之人，我要给他点颜色瞧瞧。吉夫斯，你听了事情经过再告诉我，我这次复仇行动究竟有没有道理。”我啜了一口茶，因为想到自己所受的委屈，我忍不住浑身颤抖，“大皮是罗德里克爵士的侄子，你是知道的，吉夫斯，我在罗德里克爵士手下吃了不少苦头，但尽管如此，我还是和大皮相从甚密，无论是在‘螽斯’俱乐部还是别的地儿。我告诉自己，一个人摊上什么亲戚不是他的错。比如说吧，我就不希望那帮哥们因为阿加莎姑妈嫌弃我。做人要有气量，是吧，吉夫斯？”

“所言极是，少爷。”

“那好。刚才说到，我和大皮你来我往，打得火热。结果你猜他怎么着了？”

“猜不出，少爷。”

“那我就告诉你吧。有天晚上，在‘螽斯’吃过饭，他跟我打赌，说我不能抓着绳子和吊环荡过游泳池。我欣然接受挑战，一路潇洒地荡过去，眼看到了最后那只吊环，这时我才发现，那个披着人皮的魔鬼居然把吊环绕到扶手后面去了，害得我悬在半空，再也没机会上岸回家见父老乡亲了。我别无选择，眼睁睁地掉到了泳池里。后来他跟我说，他这一招是屡试不爽。我坚信，吉夫斯，要是在斯凯尔丁斯还不能想方设法报这个仇——乡间别墅资源无穷无尽任我选择——我就不是男子汉。”

“我明白了，少爷。”

他的态度有点异样，我发觉他还是没能彻底达成理解和同情，因此我决定，尽管难以启齿，我还是得跟他坦白交代。

“好了，吉夫斯，我之所以坚持在斯凯尔丁斯过圣诞，其实还有一个更重要的原因。”我品了一阵子茶，然后抬起头，双颊泛起一片红云，“情况就是，我恋爱了。”

“果然，少爷？”

“你见过罗伯塔·威克姆小姐了吧？”

“是的，少爷。”

“那好。”

一时间我们都没有话说。我让他自行领悟。

“吉夫斯，接下来这几天，”我最终开口道，“你自然会有很多时间和威克姆小姐的贴身女仆接触。你得充分利用机会。”

“少爷？”

“你明白我的意思。跟她说我这个人很不错。讲讲我不为人知的优点。这种事口耳相传嘛。多多强调我心地善良，并且在今年‘蠡斯’的壁球障碍赛中拿了亚军。好话不怕多，吉夫斯。”

“遵命，少爷。只不过——”

“不过什么？”

“这，少爷——”

“我希望你别拿腔拿调地说一句‘这，少爷’。以前我就说过这个问题。你这个陋习越发严重了，得改。你想说什么？”

“我自然不想擅自——”

“吉夫斯，有话直说。咱们对你的意见向来是洗耳恭听。”

“我想说的是，还请少爷见谅——以我之见，威克姆小姐实在不是合适的——”

“吉夫斯，”我冷冷地打断他，“你对她有什么意见，最好别让我听见。”

“遵命，少爷。”

“也不许说给别人听。你对威克姆小姐哪里不满了？”

“呃，少爷！”

“吉夫斯，非说不可。有话尽管说。你对她不是颇有微词嘛，那得说出个所以然来。”

“少爷，我只不过觉得，依少爷的性子，威克姆小姐实在不是合适的对象。”

“我什么性子了？”

“这，少爷——”

“吉夫斯！”

“少爷见谅。我实属无心。我不过是想申明——”

“想什么？”

“我只是想说，既然少爷执意要知道我的意见——”

“我没有啊。”

“我以为少爷希望我对此事畅所欲言。”

“哦？那，说来听听吧。”

“遵命，少爷。既然如此，我长话短说。恕我冒昧，少爷，威克姆小姐虽然楚楚动人——”

“看，吉夫斯，你真是一语中的。那眸子！”

“是，少爷。”

“那秀发！”

“正是，少爷。”

“还有那份古灵精怪——我没用错词吧？”

“恰如其分，少爷。”

“那好，接着说。”

“诚然，威克姆面容姣好，令人心生爱慕。但以少爷的性子，我想她并非理想的人生伴侣。私以为威克姆小姐缺乏认真的态度，少爷，她太过任性轻浮。要配得上威克姆小姐，需要威严有力、品格坚毅才好。”

“就是！”

“在选择终身伴侣的问题上，我向来不赞成火红头发的女性。少爷，我想红发意味着危险。”

我坚定地迎着他的目光。

“吉夫斯，”我说，“胡说八道。”

“说的是，少爷。”

“根本是睁着眼睛说瞎话。”

“说的是，少爷。”

“纯粹是和稀泥。”

“说的是，少爷。”

“说的是，少爷——我是说，说的是，吉夫斯。下去吧。”我说。

我啜饮了一小口茶，姿势相当傲然。

能证明吉夫斯出岔子的机会还真是罕见，不过当天晚饭时分我就发现了证据，并且毫不迟疑地跟他对质。

“吉夫斯，关于咱们之前讨论的问题，”我刚从浴室回房，趁他给我打理衬衫的时候跟他摊牌，“希望你留神听我说两句话。丑话说在前头，你听了我这两句话，准恨不得找个地缝钻进去。”

“果然，少爷？”

“不错，吉夫斯。肯定叫你无地自容。从今往后，你再想公然宣扬对人家的一己之见，大概要三思了。要是我记得不错，早上你口口声声说威克姆小姐任性轻浮，缺乏认真的态度。对也不对？”

“不错，少爷。”

“那，听了我这一番话，你估计要大大改观了。下午我和威克姆小姐去散步，一路上，我跟她讲了大皮·格罗索普在‘蠡斯’泳池的恶行。她全神贯注地听着，并且深表同情。”

“果然，少爷？”

“满满的。并且还不止如此。我还没讲完，她就献上一条绝妙的计策，无人能出其右，能叫大皮皓首惨然下阴府矣。”

“听来让人欣慰，少爷。”

“可不是欣慰嘛。原来威克姆小姐念女校的时候，思想健全的学生偶尔要教训教训那些不识相的丫头。你猜她们是怎么做的，吉夫斯？”

“猜不出，少爷。”

“她们找来一根长棍，吉夫斯，然后——你可听好了——在一端绑一根织补针。等到夜深人静之时，偷偷潜入对方的床铺隔间，往铺盖上一捅，戳破对方的热水袋。吉夫斯啊，说到这种事，女孩家的可比男生聪明多了。我上学那会儿，大伙也就是趁查寝的时候泼人家一壶水罢了。同样的效果，但可没人想得出那么利落科学的法子。好了，吉夫斯，这就是威克姆小姐教我的教训大皮的办法，你还说人家轻浮、不认真。能想出这种妙法的姑娘，正是我理想的好伴侣。吉夫斯，今晚我就寝的时候，我要你备好结实的棍子，绑好尖利的织补针，在房里等着我。”

“这，少爷——”

我举手制止。

“吉夫斯，”我说，“休再多言。棍子，一根；针，一副，织补用、需尖利。今晚11点半备齐，不得有误。”

“遵命，少爷。”

“你知道大皮睡哪间卧室吗？”

“我去一问便知，少爷。”

“那去问清楚，吉夫斯。”

不出几分钟，他就传来必要的情报。

“格罗索普先生在‘护城河室’下榻，少爷。”

“具体位置？”

“楼下第二扇门，少爷。”

“好嘞，吉夫斯。衬衫饰纽系好了？”

“是，少爷。”

“袖口链扣呢？”

“好了，少爷。”

“那给我套上吧。”

此番事业——受合格公民的义务感驱使——我越想越觉得妙不可言。我不是锱铢必较的人，但我觉得——换作别人也准这么想——要是大皮这种人不受到应有的惩罚，那社会和文明还如何长足发展下去？完成这项重任艰难重重，要历经困苦磨难：我得坚持到凌晨时分，还得穿过冷飕飕的走廊。但我没有临阵退缩。毕竟咱们继承了家族传统：伍斯特先祖可是东征十字军出身的。

不出所料，圣诞前夜少不了狂欢活动什么的。先是村合唱团聚在门口唱起了颂歌，然后有人建议跳舞，跳完舞大伙儿开始天南海北一阵聊，等各自回房就寝的时候已然凌晨一点半。经过全方位的考虑，我认为，为安全计，这场小小的出征至少得等到两点半。不得不承认，我没有爬进被窝，就此结束这一天的劳作，是下了极大决心的。如今的我不大适应夜生活。

到了两点半，外面一片寂静。我抖掉睡意，抓起针棍，开始向走廊进发。转眼间，我就到了护城河室门口。我停下脚步，转动门把手，发现门没锁，于是走了进去。

想必小偷——我是指以此为生的专业人士，就是一周工作六晚全年无休那些——站在陌生人黑漆漆的卧室里能做到面不改色。但对于毫无经验的我，此刻不禁有点望而却步，直想轻轻带上门，转身回房睡觉去。但是，我拿出伍斯特血液里斗牛犬的气概，提醒自己说，过这个村估计永远没这个店了。就这样，我总算坚守阵地，熬过了最初那一分钟。懦弱感退去，我伯特伦又找回了自己。

刚溜进屋子那一瞬间，一片黑黢黢的，就像进了煤窑；好一会儿才适应了环境。窗帘没有完全合拢，借着光亮，约莫看得出室内布局。床摆在窗户对面，床头倚着墙，床尾，也就是露出一双脚的方位，正对着我。以此推断，所谓的“种下恶果”之后，应该可以迅速脱身。好了，现在只有一个问题，还挺棘手的：确定热水袋的方位。我是说，这种需要手脚利落、不着痕迹的活儿，万万不能杵在人家床脚，拿着织补针对毯子一阵乱扎吧。因此，在采取决定性步骤之前，务必先探明热水袋的位置。

枕头那边传来响亮的呼噜声，我听在耳中大感快慰。理智告诉我，能打出这种鼾声的，自然不会被小小的动静惊醒。我蹑手蹑脚走到床边，伸手小心翼翼地在被面上摸索，不一会儿就摸到鼓鼓的热水袋了。我于是用织补针瞄准方向，抓紧棍子，直戳下去。事成之后，我拔出凶器，轻手轻脚地向门边撤退。用不上眨眼的工夫，就能溜出房间直奔卧室安枕无忧了。但就在此时，突然传来“咣啷”一声响，我直吓得脊梁骨都要飞了，与此同时，床上的肉身像弹簧玩偶一样“腾”地坐起身，大喝一声：

“是谁？”

由此可见，最煞费苦心的战略决策可能正是导致功亏一篑的原因。为了方便全身而退，我刚才特地没关门，这会儿见鬼的门突然“嘭”一声关上了，声效如同炸弹。

对于为何会爆炸，我并没有多作考虑，因为我正忙着琢磨另一件事。我紧张地发现，虽然不知道床上的人是谁，可以确定的是，那绝不是大皮。大皮的嗓音高亢刺耳，比较像村合唱团的男高音飙高音走调了。但床上这位的嗓音介于末日号角和饿了一两天的老虎嚷着要开饭之间。这声音恶声恶气，如同锉刀，就像在高尔夫球场，你们四个正慢慢悠悠地击球，结果退役上校组传出一嗓子“让开”的那种。这声音中缺的就是友善、柔和、鸽子般的低吟浅唱，一听便知是敌非友。

我不敢久留，拔腿冲到门边，拉开门把手，夺门而出，一摔门。在很多方面来说，我或许是个笨坯——阿加莎姑妈对此随便就举出不少例证；但在是否该原地不动的问题上，我最清楚不过。

眼看我就要以破纪录的速度冲过走廊奔上台阶，突然间却被不知什么东西牵扯住了。前一刻，我还是虎虎生风脚不点地，这一刻，我的脚步被一种不可抗拒的力量截住，好像脖子上拴了绳索似的。

知道吗，有时候我不禁想，莫不是命运故意跟你找碴儿，故而生出何必继续抗争下去之感。这天晚上的温度比冷得要命还要低那么一点，因此我这次“出征”特地披上了晨衣；就是这件破袍子给门缝夹住，在危急时刻陷我于不义。

接着门开了，灯光瞬间洒过来，那叫喊之人抓住了我的胳膊。

此人原来是罗德里克·格罗索普爵士。

接下来是一瞬间的静止。约莫3.15秒的时间里，我们俩就站在那儿大眼瞪小眼，或者说把对方看了个饱，而老先生一直帽贝似的钳着我不放松。要不是我身披一袭晨衣、他一身粉底蓝道道的睡衣，要不是他眼中冒出杀人般的凶光，这幅画面活脱脱就是杂志广告图片：经验丰富的长者轻拍年轻人的手臂说：“小伙子，像我一样，去奥斯维戈（堪萨斯）马特和杰夫函授学校报名吧，说不定日后也能像我一样，当上斯克内克塔迪指甲锉暨修眉刀联合公司的三等副总裁助理呢。”

“你！”罗德里克爵士总算开口了。说到这儿，我想捎带一句，什么不带“嘶”音的字没法发嘘声啦，纯粹是胡说八道，罗德里克爵士的这个“你”字听着就像怒火中烧的眼镜蛇，我听在耳中只觉浑身不舒服——这么说也不算透露了什么商业机密吧。

想必此刻我该说点什么，但我努力的结果就是微微“哎”了一声。其实呢，就算在普通的社交场合，我心无杂念地跟这位老先生面对面，那也从来做不到浑然放松。此时此刻，他那两道浓眉更似利剑一般对准了我。

“进来，”他把我拽进屋里，“咱们总不希望把一屋子人都吵醒吧？好了，”他把我发配到地毯上，关上房门，又运了一阵眉毛功，“烦请你告诉我，这次发的又是什么疯？”

我琢磨着轻松愉快地大笑一声大概能缓解一下气氛。于是我酝酿了一个笑。

“别打哑谜！”我这热情的主人说。不得不承认，我的确没有很好地传达轻松愉快的本意。

我强自镇定心神。

“真是太对不住啦，”我真心实意地说，“是这样的，我还以为你是大皮呢。”

“烦请你对我说话不要用那些愚不可及的俗语。我怎么‘大皮’了？”

“这不是形容词，知道吧。我觉着仔细分析呢，应该算名词吧。我的意思是，我以为你是你侄子呢。”

“你以为我是我侄子？我怎么会是我侄子？”

“我是想说，我以为这是他的卧室。”

“我和他换了房间。本人有恐火症，万分不喜欢睡在楼上。”

这场会面从开始到现在，我终于有了点底气。面对这么不公道的行为，我一时间忘了自己大难临头的处境，找回了刚才丧失的风骨。对这个爱穿粉睡衣的懦夫，我甚至心生鄙视厌恶。就因为他怕被烧死，宁可叫大皮代他去做烤肉；就因为他自私自利，害我这个精心筹划的计谋就这么泡了汤。我瞪了他一眼，鼻子里好像还哼了一哼。

“我以为你的男仆转告过你了，”罗德里克爵士说，“我们打算换房间的事。午饭前不久我遇见他，就吩咐他知会你。”

我脚下直打跌。没错，不是夸张，我就是直打跌。这句话听来不可思议，我一点心理准备也没有，只惊得目瞪口呆。原来吉夫斯早就知道，我打算拿织补针对付的床铺上躺着的是这个老不休，可他就是由着我往火坑里跳，故意不言不语，这简直不可置信。或者可以说，我呆若木鸡。不错，真正是呆若木鸡。

“你跟吉夫斯说过要睡这间房？”我结结巴巴地问。

“不错。我知道你和我侄子多有来往，不希望你找错了人打扰我。坦白说吧，我压根也没想到你会在凌晨3点来。你究竟是什么居心，”他突然大喝一声，火气窜了上来，“挑这个时候鬼鬼祟祟地四处探视？你手里是什么东西？”

我低头一看，发现棍子还在手里攥着。我对天发誓，因为得知吉夫斯的所作所为，我心中情绪跌宕起伏，因此这一发现叫我着实吃了一惊。

“这个？”我说，“哦，对。”

“‘哦对’是什么意思？是什么？”

“呃，说来话长——”

“反正是漫漫长夜。”

“是这样的。请你试想一下，几周前，我在‘螽斯’吃过晚饭，一派怡然自得，没招谁没惹谁，若有所思地点上一根烟——”

我住了口。我发现他根本没在听我说话，而是瞪眼瞧着床尾，好像瞧入了迷：这会儿床尾处正滴答滴答往地毯上掉水滴。

“老天爷！”

“——若有所思地点上一根烟，开开心心地天南海北——”

我再次住了口。他这会儿掀开了被子，正定睛望着热水袋的尸首。

“这是你干的？”他的声音低沉嘶哑，仿佛被掐住了咽喉。

“呃——是。实话实说，的确是。我正要说——”

“你姑妈还费尽心思，叫我相信你不是疯子！”

“我不是啊，真的不是。听我解释嘛。”

“不必了。”

“原因是——”

“肃静！”

“好嘞。”

他用鼻孔做了几下深呼吸练习。

“我的床湿透了！”

“其实是因为——”

“住嘴！”他喘息了一阵子，“你这个无可救药的白痴，”他说，“烦请你告诉我，你下榻的卧室是哪一间？”

“在楼上，‘钟表室’。”

“多谢，我找得到。”

他冲我扬起眉毛。

“我打算下半夜在你的卧室里度过，”他说，“想来能找到适合安寝的床铺。你就在这里留宿吧，别亏待了自己。祝你晚安。”

他说完就闪人了，留下我形单影只。

哼，咱们伍斯特可是行伍出身，懂得逆来顺受。但要说我有多么安于现状，那可有点歪曲事实。我扫了一眼床铺，立刻明白睡觉是没指望了。金鱼或许可以，但伯特伦可没这个本事。我四下里张望了一圈，觉得今晚要是还想稍事休息的话，也只有在扶手椅上将就一下了。我从床上捡了几个枕头，把壁炉毯往膝上一盖，坐到椅子上，开始数羊。

可惜并没有什么作用。脑袋瓜这会儿过于兴奋，一点睡意也没有。每次刚要睡着，吉夫斯赤裸裸的奸诈的背叛行为就浮现在我脑海里；此外，夜色渐深，寒气也愈重。我开始琢磨今生今世还有没有睡着的一日，这时肘边传来一声“少爷早”，惊得我“腾”地坐起身。

我发誓，我真心以为自己睡着了不过一分钟而已，但看来并非如此。这会儿窗帘大开，阳光直射进室内，吉夫斯正托着茶盘站在我身边。

“圣诞快乐，少爷！”

我虚弱地伸出手，接过滋补的热饮。一两口下肚，觉得恢复了一点人样。此刻我只觉四肢酸痛，穹顶如同灌了铅，但总算有了一点思考能力。我死死地盯着他，眼神坚毅冷峻，非教训他一顿不可。

“你是快乐了，啊？”我说，“不妨告诉你，这基本取决于‘快乐’一词的定义。还有，你要是以为自己还快乐得起来，那趁早打消这个念头吧，吉夫斯。”我又灌下半盎司茶饮，口气冷冷的，不疾不徐，“我有一个问题要问。昨天晚上这间房的住客是罗德里克·格罗索普爵士，你是知道，还是不知道？”

“知道，少爷。”

“你承认了！”

“是，少爷。”

“但你却故意瞒着我！”

“不错，少爷。我以为这不失为明智之举。”

“吉夫斯——”

“请容我解释，少爷。”

“说呀！”

“我知道，对此事缄口不语的后果可能是免不了一场尴尬，少爷——”

“原来你知道，啊？”

“是，少爷。”

“你猜得还真准。”我又嘬了一口武夷茶。

“但我以为，无论结果如何，都是有利无害。”

我本来想插一两句机灵话，但他只顾着说下去，没给我机会。

“我以为，依少爷的心思，或许三思之后，少爷宁愿和罗德里克·格罗索普爵士一家保持距离，而不是改善关系。”

“我的心思？我什么心思？”

“我指的是少爷和霍诺里娅·格罗索普小姐的婚约。”

我一个激灵，仿佛一股电流穿过体内。他这句话倒是给我打开了一条新思路。我突然明白了他的意思，瞬间醒悟到之前是错怪了这个老实人。我一直以为他是故意把我往火坑里推，其实他是在拦着我往里跳啊。我想起小时候读过的那些故事：一个旅人连夜赶路，随行的狗突然咬住他的裤脚不放，任他反复喊“退下，先生！你想做什么，阿旺？”那狗总是不肯松口。旅人火气直冒，忍不住破口大骂，但那狗只管死死咬着。此时，月光突然从云层间射出来，旅人这才发现，原来自己正站在悬崖边上，再迈一步，就要——嗯，好了，大家都懂了吧？我想说的就是，我这会儿有了亲身体会。

说来真是不可思议，一个人居然能这般放松警惕，身处险境却视而不见。我发誓，这一刻以前，我压根就没想过阿加莎姑妈背地里策划着让罗德里克爵士对我消除成见，以期最终欢迎走失的羊儿归队——打个比方，继而转手给霍诺里娅。

“老天爷，吉夫斯！”我吓得脸色煞白。

“不错，少爷。”

“你看是有危险？”

“是，少爷，十分严重。”

脑中闪过一个念头，我心生不安。

“吉夫斯，你说罗德里克爵士冷静下来之后，会不会想到我的目标其实是大皮，戳破热水袋的行为不过是受欢乐圣诞精神驱使，从而慈父一般微微摇头，对此一笑置之？我是说，考虑到年少气盛什么的？我的意思是，他最终会发觉我并不是有意捉弄他，这么一来，咱们可就白费功夫啦。”

“不会，少爷。罗德里克爵士本来或许会如此反应，幸而再次发生意外。”

“再次发生意外？”

“少爷，昨晚罗德里克爵士在少爷的房间就寝之后，有人摸进房间，用利器戳破床上的热水袋，然后消失在黑暗中。”

我一头雾水。

“什么？你是说我梦游了？”

“不，少爷，这是出自格罗索普先生之手。早上我来见少爷前不久，碰巧遇见他。他兴高采烈地询问我少爷对这场意外有何感想。他并不知道受害人是罗德里克爵士。”

“吉夫斯，这也太巧了！”

“少爷？”

“大皮跟我居然想到一块去了！其实呢，是和威克姆小姐想到一块去了。这可真蹊跷，你得承认吧。我看简直是奇迹。”

“并非如此，少爷。格罗索普先生正是受了威克姆小姐的言传身教。”

“威克姆小姐？”

“是，少爷。”

“你是说，她先怂恿我去戳大皮的热水袋，然后又跑到大皮那里故技重施？”

“一点不错，少爷。威克姆小姐幽默感十足，少爷。”

我呆呆坐着，可以说如遭雷击。想到差一点就把心托付给这个两面三刀、辜负铁血男儿一片真心的大小姐，我不禁一阵哆嗦。

“少爷可是冷了？”

“不，吉夫斯，是不寒而栗。”

“请恕我冒昧直言，少爷。这件事或许可以佐证我昨天的话。威克姆小姐纵然从很多方面来看都楚楚动人——”

我举手制止。

“别说了，吉夫斯，”我回答道，“爱已死。”

“遵命，少爷。”

我一阵沉吟。

“那你今天早晨见过罗德里克爵士了？”

“是，少爷？”

“他怎么样？”

“有一点焦灼，少爷。”

“焦灼？”

“有一点激动，少爷。他表示迫切希望见到少爷。”

“你有什么建议？”

“少爷穿戴完毕或许可以从后门悄悄离开，避开众人的视线，穿过田野，抵达村中，再租一辆出租车返回伦敦。我替少爷收拾好行李，开车随后赶上。”

“伦敦，吉夫斯？安全吗？阿加莎姑妈可在伦敦啊。”

“是，少爷。”

“那怎么办？”

他凝视着我，眼中神秘莫测。

“我以为走为上策，少爷。不如暂时离开英国，毕竟此时这里的气候并不宜人。我不是擅自指挥少爷的行动，但既然已经订好了后天开往蒙特卡洛的‘蓝色特快’——”

“你不是退了票吗？”

“没有，少爷。”

“我以为你退了。”

“没有，少爷。”

“我吩咐过的。”

“是，少爷。恕我一时疏忽，全然忘在脑后了。”

“哦？”

“是，少爷。”

“那好，吉夫斯。进军蒙特卡洛咯。”

“遵命，少爷。”

“真走运，你忘了退票，反而成全了咱们。”

“的确实属侥幸，少爷。请少爷稍等片刻，我这就去少爷房里取衣服。”

4

吉夫斯和雅歌

又是一个炎热的清晨，我秉持一贯作风，雷打不动地一边泡澡一边高唱《阳光少年》。门外传来轻轻的脚步声，接着吉夫斯的声音隔着木板门飘进来。

“打扰了，少爷。”

我刚刚唱到“天使怎么寂寞”那一段，此处需要演唱者全心全意飙到结尾，但礼貌起见，我止住歌喉。

“怎么了，吉夫斯？说吧。”

“是格罗索普先生，少爷。”

“他怎么了？”

“他在客厅候着，少爷。”

“是大皮·格罗索普？”

“是，少爷。”

“在客厅？”

“是，少爷。”

“想与我面谈？”

“是，少爷。”

“哦。”

“少爷？”

“我就是‘哦’了一声。”

至于为何要“哦”这一声，且容我慢慢道来。原因就是此人这番话令我莫名好奇。听说大皮偏偏挑这个时候来拜访我——他明知道我此刻在沐浴，故而占据着有利的战略位置，随时可以抄起湿海绵扔他——我不禁大为讶异。

我迅速跳出澡盆，抓了几条毛巾胡乱擦干四肢躯干，然后即刻赶往客厅。只见大皮正坐在钢琴前面，用一根手指弹着《阳光少年》。

“哎哟！”我开口打招呼，不是没有一点倨傲的。

“哦，嘿，伯弟，”大皮说，“我说伯弟，我有件要紧事找你。”

我觉着这厮好像有几分不好意思。他移动到壁炉架前边，这会儿故作镇定地打碎了一只花瓶。

“是这样的，伯弟，我订婚了。”

“订婚？”

“订婚，”大皮一边说，一边羞怯地把相架放进了炉围里，“算是吧。”

“算是？”

“对。你会喜欢她的，伯弟。她芳名科拉·贝林杰，在学习歌剧。嗓音特别动人，一双黑眼睛熠熠发光，还有一颗美丽的灵魂。”

“你说‘算是’是什么意思？”

“呃，是这样的。置备嫁妆之前呢，她还有一个小小的问题需要澄清。你瞧，她不是有颗美丽的灵魂吗，人生观自然比较严肃，因此绝对不能容忍风趣的幽默感。你知道，就是恶作剧什么的。她说，要是让她知道我爱恶作剧，就永不理睬我。很不幸，她好像听说了‘鑫斯’那桩轶事——估计你已经忘怀了吧，伯弟？”

“才没有！”

“是是，不是说忘了，我是说，每次说起来你都是笑得最欢的。老兄，我希望你能尽早找机会跟科拉单独解释一下，一口咬定这事完全是子虚乌有。伯弟，哥们儿的幸福就掌握在你手里啦，我的意思你明白吧。”

哎，当然了，既然他这么说了，我还能怎么样？咱们伍斯特是有家训的。

“哦，好吧。”我答应得还是挺勉强。

“大好人！”

“那我什么时候见这个讨厌的女人？”

“她才不是什么‘讨厌的女人’呢，伯弟老兄。我都计划好了，今天中午带她过来吃饭。”

“什么！”

“1点半。好，行，不错。谢了。我就知道你靠得住。”

他说完就跑了，我转身望着吉夫斯，他刚刚端着早饭现身。

“备下三人的午餐，吉夫斯。”我吩咐。

“遵命，少爷。”

“知道吗，吉夫斯，有点过分啊。我跟你说过格罗索普先生那天晚上在‘鑫斯’对我的所作所为，你还记得吧？”

“记得，少爷。”

“几个月以来，我朝思暮想着要报仇。可现在呢，我不仅不能把他踩在脚底下碾成灰，还要好酒好菜招待他们这对未婚夫妇，帮他的忙，做个善良的天使。”

“这便是生活，少爷。”

“真理呀，吉夫斯。这是什么？”我一边扫视托盘一边问。

“腌鲱鱼，少爷。”

“我想啊，”我这会儿很有点感慨，“就连鲱鱼也有自己的烦恼。”

“想来如此，少爷。”

“我是说，除了被做成腌鱼以外。”

“是，少爷。”

“人何以堪，吉夫斯，人何以堪啊。”

对这个姓贝林杰的女人呢，我还真看不出大皮怎么会对她爱慕有加。她于一点二十五分踏上门垫，看起来像个轻重量级选手，约莫芳龄三十，一副颐指气使的神情，配着方下巴——个人来说，我对这种人是要退避三舍的。我看她大有埃及艳后之风——若是人家对淀粉谷物类不加节制的话。我也弄不明白，为什么凡是和歌剧沾点边的女子，即便是在研习吧，磅数也全都是超标型的。

可大皮却迷得神魂颠倒。饭前席间，他的一言一行都力求展现高贵的灵魂。吉夫斯端上鸡尾酒的时候，他身子还往后一缩，好像遇见了毒蛇。看到这个人恋爱之后竟然变成这副模样，着实令人心惊。他这样子让我全然没了胃口。

到了2点半，姓贝林杰的去上声乐课了。大皮亦步亦趋地送她到门口，柔声细语、活蹦乱跳了一阵子，然后才回来，用一副傻里傻气的表情望着我。

“好吧，伯弟？”

“什么好吧？”

“她呀。”

“哦，可不。”我有心迁就这个可怜虫。

“明眸善睐？”

“哦，可不。”

“身段婀娜？”

“哦，可不。”

“嗓音如天籁？”

对这个问题，我的回答可就多了几分真心实意。应大皮的要求，这个贝林杰在开始狼吞虎咽之前唱了几首曲子，无可否认，其声线委实是状况良好，这会儿天花板上还簌簌落泥灰呢。

“厉害。”

大皮叹了口气，自己调了一大杯威士忌苏打，爽快地一饮而尽。

“啊！”他说，“我馋了半天了。”

“那吃饭的时候你怎么不喝？”

“哎，是这样的，”大皮说，“对于科拉怎么看待偶尔小酌两杯的问题，我还不能确定，不过谨慎起见，还是滴酒不沾为妙。我琢磨着，滴酒不沾才好表示思想严肃。目前呢，可以说是成败在此一举，小不忍就要乱大谋。”

“我就想不通了，你怎么可能让她以为你有思想？更别说是严肃的思想了。”

“我自然有办法。”

“想来也是烂办法。”

“你以为，是吗？”大皮热切地说，“嘿，告诉你吧，伙计，偏偏就不是。我对这件事可是运筹帷幄。你记不记得大牛·宾厄姆，咱们在牛津的同学？”

“我前天还遇见他了呢，他现在当了牧师。”

“不错，就在东区。他打理着一间兄弟俱乐部，教化当地的刺头儿——情况你肯定清楚——在阅读室里喝喝热巧克力、下下双陆棋啦，偶尔在共济会厅组织点纯洁又活泼的娱乐表演啦；我一直在给他帮忙。我这几个星期好像没有一天晚上不是在双陆棋盘前度过的。科拉极为满意。我请她星期二在大牛组织的下一场纯洁又活泼的娱乐表演上献声，她答应了。”

“真的？”

“千真万确。现在，伯弟，准备佩服我的神鬼莫测的机智吧——届时我也要献声。”

“你怎么会以为这对你有帮助？”

“因为我准备以独特的方式准备我演唱的这首歌曲，向她证明我有深邃的内涵。她还不知道我有内涵。到时候她会看到，那帮举止粗野、目不识丁的观众直抹眼泪，于是想：‘哎哟！这家伙还真有灵魂！’因为我这首可不是那些不像样的滑稽歌曲，伯弟，绝对没有低俗的插科打诨，而是天使怎么寂寞什么的——”

我忍不住大叫一声。

“难道你要唱《阳光少年》？”

“一点不错。”

我大惊失色。不错，该死的，真的是大惊失色。瞧，我对

《阳光少年》抱有强烈的看法。我以为，这首歌仅限于卓尔不群的极少数私底下在浴室里偶一为之。想到这首歌将在共济会厅惨遭荼毒，而凶手又是大皮这种在“螽斯”里对老友犯下恶行的人物，我忍不住想吐。不错，忍不住想吐。

我还没来得及表达心中的恐惧和厌恶，这时吉夫斯进来了。

“特拉弗斯夫人刚刚来电，少爷，她让我转告说她即刻就到。”

“领悉，吉夫斯，”我说，“听着，大皮——”

我话没说完，发现他人已经不见了。

“你把他怎么了，吉夫斯？”我问。

“格罗索普先生已经告辞了，少爷。”

“告辞了？他怎么会告辞的？他明明坐在那儿——”

“少爷请听，这是大门关上的声音。”

“他怎么会嗖一声说没就没了？”

“或许是格罗索普先生不想见到特拉弗斯夫人吧，少爷。”

“为什么？”

“我也不清楚，少爷。不过他一听到特拉弗斯夫人的名字，就迅速站起身，这点确然无疑。”

“怪了，吉夫斯。”

“是，少爷。”

我于是提起更紧要的事。

“吉夫斯，”我说，“格罗索普先生打算下星期二在东区的演出上献唱一首《阳光少年》。”

“果然，少爷？”

“观众群以小商贩为主，夹带一些海鲜摊子老板、血橙供应商和未成年拳击手。”

“果然，少爷？”

“记着提醒我务必到场。他注定要迎来倒彩，我得亲眼看到他自取灭亡。”

“遵命，少爷。”

“待会儿特拉弗斯夫人到了，我就在客厅。”

凡是伯特伦·伍斯特的知己都清楚，在他的生命之旅中，向来有一个令人生畏的姑妈军团对他指手画脚、横挑鼻子竖挑眼。但是在这一片惨淡之中有一个例外，那就是达丽姑妈。“矢车菊”在剑桥郡赛马会夺冠那一年，她嫁给了汤姆·特拉弗斯。她是个妙人。我总喜欢和她聊天，因此2点55分左右她一阵风似的跨过门槛那一刻，我立刻礼貌又不失亲切地起身相迎。

只见她愁眉不展，一张口直奔主题。达丽姑妈是那种高大健壮的女性，从前经常驰骋于猎场，说起话来常常是瞄见半英里外山坡上有狐狸出没的架势。

“伯弟，”她喊道，仿佛是在给一群猎狗鼓劲儿，“你得帮我。”

“一定帮，姑妈，”我温文尔雅地回答，“凭良心说，我帮谁也比不上帮你那样心甘情愿，我对谁也比不上对你那样——”

“省省，”她哀求道，“省省吧。你那个朋友，小格罗索普，记得吧？”

“他刚在这儿吃的午餐。”

“是吗？哼，但愿你给他的汤里下了毒。”

“我们没喝汤啊。还有，你刚才称他是我的朋友，我得说，这个词并不完全符合事实。不久之前，我们有天晚上在‘螽斯’——”

达丽姑妈突然——我觉得有点唐突——说她希望等我出书了再拜读我的生平事迹。看得出，她绝对不是平常阳光快乐的样子，我于是把个人的苦恼搁在一旁，问是谁招惹她了。

“还不就是格罗索普那个小混账。”她说。

“他怎么了？”

“伤了安吉拉的心。”（安吉拉——夫人的千金，我家表妹，好姑娘一个。）

“伤了安吉拉的心？”

“对……伤了……安吉拉的……心！”

“你说他伤了安吉拉的心？”

她有点狂热地求我别说什么相声了。

“他怎么会？”我问。

“对她不闻不问。卑鄙下流、冷酷无情、吃里爬外的欺骗。”

“欺骗，说得好，姑妈，”我说，“说到小大皮·格罗索普，这个词自然而然就蹦出来了。我给你讲讲那天晚上他在‘螽斯’是怎么害我的。我们吃过晚饭——”

“从社交季一开始，直到三个星期以前，他对安吉拉是殷勤备至。放在我年轻那会儿，就叫作示好——”

“或者叫追求？”

“示好或是追求，随你。”

“随你啦，姑妈。”我彬彬有礼地回答。

“行了，反正他是天天到家里报到，混一顿午饭，跟安吉拉跳舞跳到半夜，诸如此类的，到最后，我那可怜的闺女自然忍无可忍，想当然地以为用不了多久，他就会开口，建议两人下辈子同槽吃饭。可现在呢，他人跑了，把她当成烫手山芋一样一扔了事。我听说他迷上了在切尔西茶话会上遇到的那个——叫作——哎，叫什么来着？”

“科拉·贝林杰。”

“你怎么知道？”

“她午饭就是在这儿吃的。”

“小格罗索普带来的？”

“是。”

“她人怎么样？”

“挺巨型的。轮廓呢，有点像阿尔伯特音乐厅。”

“小格罗索普是不是很迷她？”

“眼珠子一直在人家玉体上转来转去。”

“现在的年轻人哪，”达丽姑妈叹道，“天生的傻瓜一个，得有奶妈牵着手领着，还得找个壮汉随行，每隔一刻钟就踢他一脚。”

我努力指出此事焉知非福。

“要我说呢，姑妈，”我说，“我觉得安吉拉跟他分了更好。格罗索普这家伙恶劣着呢。伦敦城里最恶劣的一个。我刚才正想告诉你他有天晚上在‘螽斯’对我的恶行。他先是用一瓶佳酿把我灌得豪气万丈，接着跟我打赌，说我没法抓着绳子和吊环荡过泳池。我知道这是小菜一碟，于是立刻答应，可以说是胸有成竹。结果呢，我荡了一半，利索得跟什么似的，这时突然发现，最后一段绳子给缠到了栏杆后面，害得我无计可施，只有掉到深水里，裹着一身无可挑剔的正装游上岸。”

“真的？”

“千真万确。这都几个月了，我现在还没干透呢。你肯定不希望宝贝女儿嫁给这么个家伙吧？”

“相反，我对这个小混账又恢复了信心。看得出，他还是有不少可取之处的。所以贝林杰这事儿必须得给它搅散，伯弟。”

“怎么搅？”

“我不在乎，随你。”

“我能做什么？”

“做什么？嘿，交给你家吉夫斯呗。吉夫斯总会有办法的，我认识的这些人里头，就属他最能干。把事情原原本本地告诉吉夫斯，吩咐他开动脑筋。”

“姑妈，你的话或许有几分道理。”我若有所思。

“还用说，”达丽姑妈说，“这点小事儿，对吉夫斯来说就是过家家。你照办，我明天过来听结果。”

她撂下这句话就闪人了，我召唤吉夫斯到跟前。

“吉夫斯，”我说，“你都听到了吧？”

“是，少爷。”

“我想也是。我这个达丽姑妈一说话，可以说几里开外都能听见。你是否想过，要是她有一天断了经济来源，可以去‘迪之沙’吆喝牲口回家，准保能发家致富？”

“我并没有想过这个问题，但少爷说得大致不错。”

“那，咱们怎么办？你有什么看法？我觉着咱们应该尽力帮帮忙提提意见。”

“是，少爷。”

“我钟爱这个达丽姑妈，也很钟爱安吉拉表妹。两个我都爱，我说得还明白吧？这个傻丫头怎么会看上大皮，我不知道，吉夫斯，你也不知道。但她显然是爱着人家——这就说明，这事儿是可能的，虽然本人过去一直不敢相信——并且正因他而憔悴，像是——”

“墓碑上刻着的‘忍耐’的化身，少爷。”

“像是墓碑上——你果然出口成章——刻着的‘忍耐’的化身。因此咱们必须待命。吉夫斯，动用全部脑力，考验你的时候到了。”

第二天，达丽姑妈再度登门，我立即按铃叫吉夫斯。他模样透着人所想象不到的聪明劲儿——一棱一角都昭示着纯粹的智慧——我一眼就看出，他这大脑是没少运转。

“请讲，吉夫斯。”我说。

“遵命，少爷。”

“你思考过了？”

“是，少爷？”

“成果如何？”

“我想到一个办法，少爷，想必能够带来令人满意的结果。”

“说来听听。”达丽姑妈说。

“对于这类情况，夫人，首要任务是研究个体心理。”

“个体什么？”

“心理，夫人。”

“他是指心理，”我解释说，“那么你说心理，吉夫斯，意思是——"

"所涉主要人物的性情和爱憎，少爷。"

"也就是说，他们是什么样的人？"

"所言甚是，少爷。"

"伯弟，私下里他也这么跟你说话？"达丽姑妈问。

"有时候。偶尔吧。另一方面呢，有时候也不是。继续，吉夫斯。"

"嗯，少爷，恕我冒昧，据我观察，贝林杰小姐让我印象最深的一面，就是她有一副硬心肠，不够宽宏大量。我想象得出贝林杰小姐为成功鼓掌喝彩，但却不能想象她对失败施以同情怜悯。少爷或许记得，当时格罗索普先生拿自动打火机为她点烟，她有什么反应？对方未能及时点着火，她似乎流露出一丝不耐烦之意。"

"不错，吉夫斯，她还数落了几句。"

"正是，少爷。"

"我得问问清楚，"达丽姑妈有点摸不着头脑，"你是说，要是他一直拿着自动打火机给她点烟，点来点去都点不着，她就会忍无可忍把他甩了？是这个意思吗？"

"夫人，我提到这个小插曲，谨以表示贝林杰小姐不近人情的性格特点。"

"不近人情，"我说，"说得好。这个贝林杰是铁石心肠啊。那眼睛，那下巴。我一目了然。要说有哪个女人是铁与血的化身，那就数她了。"

"所言极是，少爷。因此我认为，若是叫贝林杰小姐目睹格罗索普先生在公开场合颜面尽失，她自然不会继续报以好感。比如说，格罗索普先生星期二表演时未能取悦观众——”

我眼前一亮。

“老天，吉夫斯！你是说，一旦他被喝倒彩，这事儿不黄也得黄？”

“如果没有，我会大为惊讶的，少爷。”

我摇摇头。

“吉夫斯，这事儿咱们不能碰运气。虽然大皮唱《阳光少爷》是我心目中招致倒彩的最佳情景，可是——不行，你得明白，咱们可不能依靠侥幸心理。”

“无须依靠侥幸心理，少爷。我建议少爷联系宾厄姆先生，主动要求在即将举办的娱乐表演中略尽绵力。要保证少爷的节目排在格罗索普之前，这点很容易做到。我想，若是格罗索普先生紧接着少爷演唱《阳光少年》，观众的反应自然会如我们所愿。等到格罗索普先生开始演唱时，观众已经对这首歌兴味索然，一定会迫切表露情绪。”

“吉夫斯，”达丽姑妈说，“你真是神了！”

“多谢夫人夸奖。”

“吉夫斯，你真是笨蛋！”

“你说他是笨蛋是什么意思？”达丽姑妈激动地说，“我觉着这是我这辈子听过的最妙的计策。”

“要我在大牛·宾厄姆纯洁又活泼的娱乐表演上唱《阳光少年》？才怪！”

“少爷每天沐浴的时候都在唱。伍斯特少爷，”吉夫斯对达丽姑妈说，“天生一副悦耳动听的男中音——”

“想想就知道。”达丽姑妈说。

我飞过去一个凌厉的眼神。

“吉夫斯，在浴室里唱《阳光少年》，和在一屋子血橙商贩及其子女面前唱，那可是有天壤之别。”

“伯弟，”达丽姑妈说，“你不唱也得唱！”

“我偏不。”

“伯弟！”

“无论如何——”

“伯弟，”达丽姑妈坚定地说，“下月3号星期二，你得给我去唱《阳光少年》，并且声情并茂，像日出时的云雀，否则愿姑妈的诅咒——”

“我不去！”

“想想安吉拉！”

“安吉拉个鬼！”

“伯弟！”

“不是，我是说，该死！”

“你确定不去？”

“确定不去。”

“你决定了，是吧？”

“不错。姑妈，我最后说一次，无论如何，一个音我也不唱。”

于是当天下午，我拍了一封邮资预付的电报给大牛·宾厄姆，表示愿为他的事业出一点力，夜幕降临时分，事情就定了。我给排在中场休息后下下一个上场。我之后是大皮。大皮之后则是著名歌剧女高音，科拉·贝林杰小姐。

“吉夫斯，”我当晚对他说，而且是冷冷地说，“麻烦你去最近的音乐商店跑一趟，设法弄一份《阳光少年》的歌谱。看来我不得不把主歌和副歌都学一学。至于此事招致的麻烦和精神压力，我什么也不说了。”

“遵命，少爷。”

“但我还是有一句话——”

“我还是即刻动身的好，少爷，不然商店要关门了。”

“哈！”我说。

我故意话中带刺。

对眼前这桩磨难，我咬紧牙关，出发时一派镇定自若、志在必得的样子——类似英雄孤注一掷时脸上挂着个视死如归的微笑。尽管如此，不得不承认，一踏进东伯孟塞的共济会厅，放眼一望来找乐子的各位，有那么一瞬间，我差点打起了退堂鼓，只想招呼一辆出租车重返文明世界；后来全靠伍斯特全部的斗牛犬气概才稳住。我赶到的那会儿，纯洁又活泼的娱乐表演正展开得如火如荼，有位模样像是当地殡仪馆的工作人员正在背诵《古庙战笳声》。观众呢，即使不能说是在“等着看好戏”吧，但那肃穆的表情可不是我等喜闻乐见的。一看他们那阵势，我就感到自己成了沙得拉、米煞和亚伯尼歌的难兄难弟，体会到要钻烈火之炉的心情。

我扫视了一遍观众群，觉得他们这会儿还在持观望态度。不知各位有没有试过叩击纽约那些地下酒馆大门的经历？首先是格子窗呼啦打开，然后一张面孔出现了。接着是漫长的沉默，那双眼睛死死盯着你，让你觉得往昔一一浮现在眼前。然后你说自己是青青海默先生的朋友，他说只要提他的大名，他们就会招待你。这下情况缓和了。之所以提起这茬，是因为我瞧那些小商贩和海鲜摊主就像“那张面孔”。“露两手呀！”他们好像在说，然后他们才能下决定。我不禁感到，唱《阳光少年》应该够不上他们心目中“露两手”的标准吧。

“座无虚席，少爷。”身边传来一个声音。是吉夫斯。他正怡然自得地欣赏节目。

“你也来了，吉夫斯？”我冷然以对。

“是，少爷。从演出开始我就到了。”

“哦？”我问，“有伤亡没有呢？”

“少爷？”

“你明白我的意思，吉夫斯，”我厉声说，“别假装不懂了。谁被喝倒彩了没有？”

“哦，没有，少爷。”

“你看我会是头一个咯？”

“不，少爷。我认为不必如此悲观。相信少爷会受到热烈欢迎的。”

我突然想到一件事。

“你觉得一切会按照计划发展？”

“是，少爷。”

“哼，我可不这么想。”我说，“原因我这就告诉你。你那个烂点子里有一个破绽。”

“少爷说破绽？”

“不错。你以为，等格罗索普先生听到我唱那首破烂曲子，一分钟后就轮到他上场，他还会镇定自若地上台，再唱一遍吗？

用用脑子嘛，吉夫斯。他肯定看出此路不通，会及时打住。他会临阵脱逃，拒绝登台。”

“格罗索普先生不会听到少爷唱歌。他采纳了我的建议，到马路正对面那间叫作‘壶与杯’的消费场所去了，他还打算一直坐到该出场的时候再回来。”

“哦？”我问。

“少爷，恕我斗胆提个建议，离这里不远的地方还有一家叫作‘山羊与葡萄’的店面。我想谨慎起见——”

“我不如过去给他们点生意做？”

“这有助于缓解等待时的紧张情绪，少爷。”

本来这家伙给我揽了这么个烂摊子，我心里颇有点不爽，但听到这两句话，我疾言厉色的态度总算有所缓和。他的分析果然不错。不愧是研究过个体心理，他没有摸错方向，在“山羊与葡萄”里静静地坐上10分钟，正是我所需要的。冲到店里，灌下两杯威士忌苏打，对伯特伦·伍斯特来说不过是一眨眼的事儿。

疗效如同魔法。酒里除了有硫酸盐还兑了什么，我是一无所知，总之我的人生观焕然一新。刚才那种喘不过气的怪症状消失了，膝盖直往下坠的感觉也没了。四肢不再微微颤抖，舌头上的结散开了，脊梁骨也硬了。我又续了一杯，大口吞下，然后兴高采烈地跟女招待道了声晚安，又对一两个面孔讨我喜欢的客人和善地点头致意，然后趾高气扬地回到大厅，安然应对一切。

不一会儿我就站到舞台上，对着一百万只紧盯我的金鱼眼。我只觉耳中奇怪地嗡嗡作响，透过嗡嗡声，我依稀听到钢琴奏响了。我默默祈祷上天护佑，然后深吸了一口气，亮开了歌喉。

哎，说悬还真悬。全部过程有点模糊，我只约莫记得，唱到副歌那部分，下面传来一阵窃窃私语。我当时还以为是民众想跟着一起唱来着，心里颇受鼓舞。我集中全力，气贯丹田，飙完了高音，然后施施然退到舞台侧翼。我没有回去谢幕，而是顺势遁走，脚底抹油直奔吉夫斯，即大厅后面的站票席处。

“呵，吉夫斯，”我在他身边站定，伸手抹去额头上货真价实的汗珠儿，“他们总算没喊‘下去吧’。”

“不错，少爷。”

“但你尽管放话出去，这是我最后一次在浴室以外的地方表演了。天鹅绝唱，吉夫斯。以后谁要想欣赏我的歌喉，敬请候在我浴室外面，把耳朵贴在锁孔上。我或许是误会了——快到结尾的时候观众好像有点激动。喝倒彩在空气中飞翔，我都听到翅膀拍打的声音了。”

“少爷，我也的确察觉到观众有一点躁动不安的情绪。想来是对这支乐曲心生厌烦。”

“嗯？”

“我本该早些知会少爷的。少爷到达以前，已经有两个人唱过了。”

“什么！”

“是的，少爷。分别是一位女士和一位先生。这首歌正流行。”

我目瞪口呆。这家伙明明知道，还没事人似的任凭他家少爷踏进鬼门关——打个比方——我如遭雷击。这不就是说忠仆精神已经丧尽了吗？我正要不遗余力地教训他一顿，这时看到大皮东倒西歪地走上了舞台。

大皮无疑是刚刚光顾过“壶与杯”的模样。观众间传来几声喝彩，估计是他那些双陆棋棋友觉着血浓于水。大皮听了，立刻亮出一个灿烂的笑容，嘴巴直咧到后脑勺。显然，他此刻自我感觉好得不得了，而且还坚持着没倒下。只见他对歌迷们友好地挥挥手，又很有皇室气派地微微一鞠躬，像东方君主向子民的赞美报以致意。

弹钢琴的姑娘奏响了《阳光少年》的前奏，大皮像气球一样鼓足了气，双手一握，眼珠一翻，盯着天花板，好像要袒露灵魂似的，然后开唱了。

我估计大伙是因为一时错愕才没有立即采取行动。虽然听来不可置信，但我拿人格担保，下面一直鸦雀无声，直到大皮唱完了主歌，然后才振作起来。

小商贩一旦给惹怒了，那就糟糕了。我从来没亲眼看到过无产阶级行动起来的场面，今日一见，只觉惊惧。我是说，仅此就能大体领会一番法国大革命的阵势。大厅的各个角落不约而同地传来一阵响动，就像——我这是听来的——东区拳击比赛场上裁判把人人看好的种子选手罚出局又立刻逃命去也，招致的那种动静。接着他们不再讲究君子动口不动手的原则，开启了果蔬主题。

也不知道怎么回事，反正我感觉首先扔向大皮的应该是土豆。人有时候就是会异想天开。但实际上呢，那是一只香蕉。我顿时领悟到，做出这个决定的人智计远胜于我。这些汉子从孩提时代就掌握了如何对待不对心思的戏剧表演，单靠直觉就知道如何取得最佳效果。我看到香蕉“啪叽”一声正中大皮的衬衫前襟，立刻惊觉，无论是在实际表现上还是在艺术效果上，这都是任何土豆都无法企及的。

当然，土豆学派也不乏拥趸。随着气氛越来越热烈，我注意到，有几位看起来很精明的观众坚持只扔土豆。

大皮对此的反应令人惊异。只见他双眼凸出，头发一根根竖了起来，但嘴巴还是一张一合的，看得出，他心下茫然，还在机械地继续唱《阳光少年》。接着，他突然回过神来，奋力向舞台边撤退。他最后的身影就是跑下舞台，比一只飞来的土豆领先半个头。

很快，骚乱和叫喊声止住了。我望着吉夫斯。

“惨不忍睹啊，吉夫斯，”我说，“可又有什么办法？”

“是，少爷。”

“长痛不如短痛，啊？”

“所言极是，少爷。”

“哎，她目睹了事情经过，估计这段罗曼史要告一段落了。”

“是，少爷。”

这时大牛·宾厄姆走上了舞台。

“女士们先生们。”只听大牛说。

我还以为他要开口责骂会众刚刚未能控制情绪的行为。可惜没有。无疑，他已经习惯了纯洁又活泼的娱乐表演上无伤大雅的有来有往，觉得气氛热烈的情况不值得做任何评论。

“女士们先生们，”只听大牛说，“接下来的节目应该是著名歌剧女高音科拉·贝林杰小姐为我们献上《歌曲选段》，但贝林杰小姐刚刚致电，说汽车出了故障。她已经叫了出租车，很快就能赶到。与此同时，请欢迎我们的朋友伊诺克·辛普森先生，为我们背诵《危险的丹·麦格鲁》！”

我一把抓住吉夫斯。

“吉夫斯！你都听到了？”

“是，少爷。”

“她没来！”

“不错，少爷。”

“所以没看到大皮兵败滑铁卢。”

“不错，少爷。”

“这个破计划擦枪走火了。”

“是，少爷。”

“走吧，吉夫斯。”这会儿周围的站客一定在奇怪，这个眉清目秀的年轻人为何突然面色苍白，神情坚毅？“我刚刚承受了一场精神折磨，自早期的殉教者以降无人能比。消瘦了好几磅不说，组织器官还遭到永久的破坏。我历经了一场严酷的考验，一回想起来，未来数月都要尖叫着从梦中惊醒。可是都白白浪费了。咱们走。”

“少爷如果不反对，我还想继续欣赏节目。”

“随你，吉夫斯，”我闷闷不乐地说，“我呢，我心已死，现在要去‘山羊与葡萄’坐一会儿，再点一杯砒霜特调，然后打道回府。”

时间约莫10点半，我正坐在客厅里愁眉不展地啜饮或许是最后一杯的还魂剂，这时门铃响了，我开门一看，门垫上站着的正是大皮。他仿佛历经了一番艰辛，直面过灵魂的考验。他好像有点黑眼圈的征兆。

“哦，嘿，伯弟。”大皮说。

他进了门，围着壁炉架逡巡，好像想找东西摆弄，继而摔碎。

“我刚在大牛·宾厄姆的娱乐表演上唱完歌。”他沉默了一阵后开口道。

“哦？”我说，“怎么样？”

“轻而易举，”大皮回答，“他们听得都呆了。”

“反响强烈，啊？”

“非常好，”大皮说，“人人热泪盈眶。”

大家注意：说这话的人可是教养良好，想必还坐在母亲膝头聆听了好多年“做人要诚实”的教诲。

“贝林杰小姐很满意吧？”

“哦，是啊。高兴着呢。”

“这么说没问题了？”

“哦，可不。”

大皮顿了一顿。

“但另一方面，伯弟——”

“怎么？”

“嗯，我左思右想，不知怎的，又觉得贝林杰小姐可能还不是我的理想伴侣。”

“你这么觉得？”

“我觉得是。”

“为什么？”

“哦，说不明白。这种事就像电光石火。我对贝林杰小姐有尊重，伯弟，也有爱慕。可是——呃——哎，我现在又忍不住想，还是温柔可人的姑娘——呃，比如说你表妹安吉拉那样的，更加——就是——哎，伯弟，我来找你，是想请你给安吉拉打电话，问她晚上愿不愿意赏光，跟我去‘伯克利’用点晚餐，再跳跳舞。”

“去吧，电话就在那边。”

“不，还是你打，伯弟。考虑到种种情况，还是请你做个铺垫——瞧，她很有可能会——我是说，你知道有时候容易产生误会——所以——哎，我想说的就是，伯弟老兄，还得你帮帮忙，铺垫一下，你不介意吧？”

我走到电话前，拨通了达丽姑妈家的号码。

“她让你过去。”我说。

“告诉她，”大皮虔诚地说，“我一眨眼就赶到她身边。”

他前脚刚走，我就听见锁孔里嘎啦一声，接着过道里传来轻柔的脚步声。

“吉夫斯。”我叫道。

“少爷？”吉夫斯说着就现形了。

“吉夫斯，出了一件怪事。格罗索普先生刚来过，他说和贝林杰小姐一拍两散了。”

“是，少爷。”

“你好像并不惊讶。”

“是，少爷。坦白说，这种结局正在我的意料之中。”

“呃？你怎么会有这个念头？”

“少爷，我看到贝林杰小姐对着格罗索普先生的眼睛挥拳，就猜到了。”

“挥拳！”

“是，少爷。”

“对他的眼睛？”

“右眼，少爷。”

我眉头一皱，大惑不解。

“她怎么会？”

“我想她是因为歌唱收到的反响而心中不快。”

“老天！难道她也被喝倒彩了？”

“是，少爷。”

“怎么会？她歌喉多美妙啊。”

“是，少爷。我想观众只是反感她演唱的曲目。”

“吉夫斯！”理性有点复苏了，“你难不成是想说，贝林杰小姐唱的也是《阳光少年》？”

“是，少爷。并且还草率地——这是个人之见——带了一只大玩偶上台对着它演唱。观众误以为是腹语表演，接着是一阵骚动。”

“吉夫斯，这可太巧了！”

“其实并非巧合，少爷。我主动在大厅门口迎接贝林杰小姐，自报身份。之后我告诉她，是格罗索普先生请我转告，请她特别为他演唱一首——因为这是他最喜爱的歌曲——《阳光少年》。事后，贝林杰小姐得知少爷和格罗索普先生都在她之前唱过同一首歌；我想，她一定以为格罗索普先生故意开玩笑愚弄她。还有别的吩咐吗，少爷？”

“没了，多谢。”

“晚安，少爷。”

“晚安，吉夫斯。”我崇拜地说。

5

梗犬麦金事件

远远一阵雷声滚滚，我忽地一下从梦乡中惊醒。待睡眠的迷雾散去，我才诊断出声音本质及其来源：这乃是阿加莎姑妈的宠物狗麦金在挠门。我这老亲戚跑去法国艾克斯莱班做水疗，临走前把这只智力欠缺的亚伯丁梗托付给我；在早起的问题上，我一直没能说服这畜生接受我的看法。我瞟了一眼手表，这还不到10点呢，可这只死狗已然闹腾起来了。

我按下铃，很快吉夫斯便端着茶盘翩然而至。麦金先行一步，一下蹿到床上，熟练地照我右眼舔了一口，随即蜷起身子，呼呼大睡。这是什么逻辑呀？大清早的，连个鬼影都不见就跳下床挠人家房门，目的就是为了抓紧时间睡觉，我就搞不懂了。不管怎么样，这五周以来，这只疯狗日复一日奉行这项政策，坦白说，我真有点忍无可忍了。

托盘上有一两封信。我先往无底洞里灌了半杯提神醒脑的热饮，这才有点精神处理信件。顶上那封是阿加莎姑妈寄来的。

“哈！”我叹道。

“少爷？”

“我说‘哈！’，吉夫斯。意思就是‘哈！’，表示解脱。阿加莎姑妈今天晚上就回来了，她六七点间抵达城里的居所，希望一开门就看见麦金在门垫上迎接她。”

“果然，少爷？我会想念这个小家伙的。”

“我也是，吉夫斯。虽然麦金有和送奶工同时起床、早饭前就活蹦乱跳的坏毛病，但总算是条好狗。不过呢，能把它送回老家，我还是觉得松了一口气。我这个监护人当的，真是有操不完的心。你也知道我这个阿加莎姑妈。她要是把宠爱这条狗的心思放到宠爱亲侄儿身上就好了。要是她发现我在履行in loco parentis[1]职责期间有丁点闪失；要是在我照看这段时间里，麦金染上了狂犬病、家禽蹒跚症、马胃蝇病，那一定得怪到我头上来。”

“少爷言之成理。”

“你也知道，偌大一个伦敦城也容不下阿加莎姑妈和她的眼中钉。”

我打开第二封信，扫了一遍。

“哈！”我叹道。

“少爷？”

“又是‘哈！’，吉夫斯，不过这次表达了一丝讶异。信是威克姆小姐写的。”

“果然，少爷？”

我品察出——是这个词儿吧——他声音里透出关切的意味，我明白，他在寻思：“少爷是否会再次失足？”瞧，曾几何时，伍斯特的一颗心可以说是被罗伯塔·威克姆给俘虏了，而吉夫斯对

1 [拉丁]意为父母。

此女一直不太赞成。他觉得这位小姐任性轻浮，基本上对人畜无益。不得不承认，后来事实证明，他的看法没错。

“她说要我今天招待她吃午饭。”

“果然，少爷？”

“她还带了两位朋友。”

“果然，少爷？”

“就在家里。1点半。”

“果然，少爷？”

我发火了。

“把这什么‘鹦鹉情结’给我改掉，吉夫斯，”我威严地挥舞手里的黄油面包，“你也不用在那儿张口闭口‘果然，少爷’，我知道你在想什么，但是你想错了。对于威克姆小姐，伯特伦·伍斯特是心如淬火钢。而且我也没有任何理由拒绝这个要求。咱们伍斯特纵然没了爱意，但还是要待之以礼。”

“遵命，少爷。”

“那么今天上午你就负责奔来奔去运送食料吧。拿出仁君温瑟拉的风范，吉夫斯。记得吧？飨我与鱼、飨我与鸡——”

“是飨我与肉、飨我与酒，少爷。”

“听你的。你最懂了。哦，还要布丁卷，吉夫斯。”

“少爷？”

“布丁卷，果酱要多。威克姆小姐特意提到的。奇了怪了，啊？”

“的确神秘，少爷。”

“还要有牡蛎、冰淇淋、那种中间黏糊糊的软心巧克力。想想就倒胃口，啊？”

“是，少爷。”

“我也是。可她就是这么写的。估计她又在搞减肥食谱了。好了，不管怎么样，吉夫斯，就交给你了，行吧？”

“是，少爷。”

“1点半开饭。”

“遵命，少爷。”

“好样的，吉夫斯。”

12点半，我照例牵着麦金去公园晨练，约1点10分回到家，发现小伯比·威克姆正在客厅里，一边吐烟圈一边和吉夫斯聊天。吉夫斯好像有些冷淡。

记得我跟各位讲过这个伯比·威克姆的轶事吧？去年圣诞节，我受她母亲大人之邀请到位于赫特福德郡的斯凯尔丁斯公馆做客，期间这位红发女郎在“大皮·格罗索普和热水袋倒霉事件”中陷我于不义。她母亲威克姆夫人是写小说的，听说销量不错——在那些对文学保持马虎态度的读者群中。威克姆夫人威严有余，外形酷似阿加莎姑妈；但伯比却不像母亲，反而像是仿照克拉拉·鲍[1]的模子生的。伯比见我进门，立刻亲昵地打招呼——也许是太亲昵了，吉夫斯本来要奔出去调鸡尾酒，却在门口止住脚步，给了我一个严肃的警告的眼神，仿佛见多识广的老父亲发现少不更事的儿子跟本地妖女打成一片。我冲他一点头，意思是说“淬火钢”！他这才夺门而去，好让我扮演热情洋溢的好主人角色。

1　Clara Bow（1905—1965），20世纪当红的好莱坞女星、性感偶像，因电影《它》（*It*）而享有“它女郎”之称，是爵士时代中摩登女（Flapper）的代表。

“伯弟，你这次答应请我们吃午餐，真是大方。”伯比说。

“别客气，亲爱的老朋友，”我回答，“荣幸之至。”

“我说的那些东西你都准备齐了？”

“那些垃圾，按照说明，俱已在厨房备下。话说你什么时候染上了布丁卷瘾？”

“不是给我的，是给那个男孩子的。”

“什么！”

“实在对不住，”她看出我很焦躁，“我明白你的感受，我也不想假装说这孩子容易对付。说实话，你不亲眼见到都不会相信。但是，咱们务必要对他百般讨好、言听计从，把他当成贵客一般招待，因为一切都看他的。”

“什么意思？”

“我这就告诉你。你是知道母亲的吧？”

“谁母亲？”

“我母亲呀。”

“哦，是。我以为你说那孩子的母亲。”

“他没母亲，只有父亲，人家可是美国响当当的剧院经理。我前两天在聚会上认识的。”

“你说孩子父亲？”

“是，孩子父亲。”

“不是孩子本人？”

“对，不是孩子本人。”

“好嘞。搞清楚了。继续。”

“那，母亲——我母亲——把一本小说改编成了剧本，我那天认识了这个父亲——当剧院经理的这个父亲，私底下告诉你，我们很聊得来，于是我琢磨，干吗不呢？”

“干吗不什么？”

“干吗不把母亲的戏推荐给他。”

“你母亲的戏？”

“对，不是他母亲的戏。他跟他儿子一样，也没有母亲。”

“这种东西还真是遗传，啊？”

“瞧，伯弟，因为种种缘故，目前我们母女关系有点紧张。先是因为我把车给撞坏了——嗯，然后还有别的事儿。所以我想，我可以利用这个机会改过自新。我于是耐着性子巴结布卢门菲尔德——”

“名字听着耳熟啊。”

“哦，是，人家在美国可是响当当的人物。他这次来伦敦，就是想看看有什么值得签的本子。我就耐着性子巴结他，然后问他有没有兴趣听听母亲的作品。他说好，所以我就请他来这儿用午膳，然后念给他听。”

“你要念你母亲的剧本——在这儿？”我吓得脸煞白。

“对啊。”

“老天！”

“我懂你的意思，”她说，“我承认，这桩买卖是不好做，但我觉得有希望。一切都看这孩子的态度。你瞧，老布卢门菲尔德向来以儿子的判断为准，也不知道为什么。大概是觉得他儿子的智力和普通观众一样，所以——”

我忍不住微微喊了一声。端着鸡尾酒进来的吉夫斯闻声看了我一眼，很不痛快的样子。我突然想起来了。

“吉夫斯！”

“少爷？”

“你还记不记得，咱们在纽约那会儿，有个姓布卢门菲尔德的大饼脸的小子，对梦想上台演戏的西里尔·巴辛顿－巴辛顿好一阵挑刺儿，叫咱们终身难忘？”

“历历在目，少爷。”

“那，准备好别吓着。他中午要来吃饭。”

“果然，少爷？”

“你这么淡然散漫，我很高兴。我跟这个小砒霜罐儿只打了短短几分钟的照面，但不妨告诉你，想到又要和他套近乎，我就瑟瑟发抖。”

“果然，少爷？”

“别张口闭口‘果然，少爷？’了。你见识过这小子出手，知道他的本事。他根本不认识西里尔·巴辛顿－巴辛顿，就跑过去说对方长了一张鱼脸。要知道，他们初次见面还不到半分钟呢。到时候可别怪我没警告过你：要是他敢说我长了一张鱼脸，我绝对削他脑袋。”

“伯弟！”威克姆又惊又愤又什么的。

“不错，我说到做到。”

“那事情可就毁了。”

“我才不在乎。咱们伍斯特是有傲气的。”

“或许那位小绅士不会注意到少爷长着鱼脸。”吉夫斯劝道。

“啊！当然，这也大有可能。”

“可咱们也不能碰运气呀，”伯比说，“估计他第一眼就注意到了呢。”

“以防万一，小姐，”吉夫斯说，“或许伍斯特少爷不留下用膳，才是万全之计。”

我对他绽开一个赞许的微笑。一如往常，他想到了出路。

“那布卢门菲尔德先生会觉得奇怪的。”

“嗯，跟他说我特立独行。说我说不准什么时候就闹情绪，见到人就烦。随你想怎么说都行。”

“他会觉得你不待见他。”

“要是我照着他儿子的上颌骨就是一拳，那才叫不待见他。”

“我的确认为少爷走为上策，小姐。”

“哎，好吧。”伯比说，“那你走吧。我本来想让你听剧本，恰到好处地贡献笑声来着。”

“我看根本没有什么‘好处’。”说完这句话，我三步并作两步奔进门厅，抓起帽子，冲到门外。刚走到路面上，就看见一辆出租车停靠到路边，车里载的正是布卢门菲尔德老爹和他那个讨厌儿子。我的心不禁微微一沉，随即发现那小子认出我来了。

“嘿！”他嚷。

“嘿！”我回答。

“你要去哪儿？”那小子问。

“呵呵！”我一边回答，一边奔向广阔的大自然。

我在“螽斯”用过午餐，好好地招待了自己一顿，又拿咖啡和香烟消磨了好一阵子时间。到了4点，我琢磨着这会儿回去应该安全了，但谨慎起见，我先拨了个电话回家。

“都走了，吉夫斯？”

“是，少爷。”

“布卢门菲尔德二世不见踪影了？”

“不错，少爷。”

“没在哪个旮旯还是墙缝里藏着？”

“没有，少爷。”

“事情发展如何？”

“我想是着实令人满意，少爷。”

“有人提到我没有？”

“我想布卢门菲尔德父子对少爷未能在场略有些诧异。听说他们刚巧遇见少爷出门。”

“可不是。场面那叫一个尴尬，吉夫斯。那小子好像还想跟我搭话，我干笑了两声，没理他。他们对这事说了什么没有？”

“是，少爷。说起来，布卢门菲尔德小少爷对此颇有些直言不讳。”

“他怎么说的？”

“确切用词已经记不得了，少爷。他拿少爷的精神状态和布谷鸟作比。”

“布谷鸟，嗯？”

“是，少爷。并且是布谷鸟略胜一筹。”

“是吗？现在看来，我走是对了。要是他当面给我来这么一句，我一定毫不留情给他的上颌骨一点厉害尝尝。还是你聪明，建议我在外面吃午餐。”

“多谢少爷夸奖。”

“那，既然警报解除，我这就回去。”

“少爷或许应该先给威克姆小姐回一通电话。她吩咐我向少爷转达她的意愿。”

“你是说，她让你来告诉我？”

“正是，少爷。”

“好嘞。号码是多少？”

“斯隆街8090。应该是威克姆小姐的姑母家，在伊顿广场。”

我拨通电话，很快伯比的声音就从电话另一端飘出来。从音色判断，她高兴得不得了。

“喂？是伯弟吗？”

“如假包换。有什么消息？”

“大喜讯。一切顺利，午饭恰到好处，那小孩一阵埋头苦吃，脾气越来越好，等到他消灭第三份冰淇淋，任何剧本——就连母亲的——对他来说都是好好好。我趁热打铁，赶紧念剧本，他一副吃饱了昏昏欲睡的样子，照单全收。念完以后，老布卢门菲尔德问：‘儿子，怎么样？’那孩子微微笑着，好像回味着布丁卷，说‘行，爹地’。事儿就这么成了。老布卢门菲尔德带儿子去看电影，叫我5点半跑一趟萨沃伊酒店签合同。我刚刚给母亲打过电话，她大大地满意。”

“太棒了！”

“我就知道你会高兴的。对了，伯弟，还有一件事。你记不记得，以前对我许过承诺，说你心甘情愿为我做任何事？”

我有些警惕，没有立即作答。不错，这种话我的确说过，但那是在大皮和热水袋事件之前。而该风波之后，头脑恢复了冷静，当时那份豪气大打折扣。情况怎么样，各位也清楚。爱火摇曳着熄灭了，理智复辟，人就不像在圣洁的爱情光芒四射那会儿；随时准备跳火圈的心情已不复当初了。

“你想叫我做什么？”

“呐，其实并不是想叫你做什么。是我做了件事儿，希望你别跟我急。我念剧本之前呢，你那只狗，就是那只亚伯丁梗进来了。布卢门菲尔德那孩子立刻喜欢得不得了，说自己也想有一条，然后意味深长地看着我。所以呢，我自然而然地说：‘哦，这条给你得了！’”

我身子直晃。

“你……你……什么？”

“我把狗送给他了呀。我就知道你不会介意的。瞧，咱们务必对他千依百顺。要是我拒绝，他准会把剧本批评得体无完肤，那布丁卷什么的辛苦就白费啦。你瞧——”

我挂上听筒。嘴巴合不拢，眼神发直。我跌跌撞撞地出了电话间，踉踉跄跄地走出俱乐部，招呼了一辆出租车。一回到公寓，我就大叫吉夫斯。

“吉夫斯！”

“少爷？”

“你知道吗？”

“恕我不知道，少爷。”

“那只狗……阿加莎姑妈的狗……麦金……”

“少爷，我有一会儿没看见它了。午饭之后就没见，可能是在少爷的卧室。”

“是，更可能根本就不在。你想知道它在哪儿？在萨沃伊酒店的套间。”

“少爷？”

“威克姆小姐刚刚告诉我，说她把麦金送给布卢门菲尔德二世了。”

“少爷？”

“给布卢门菲尔德二世了，我跟你说。薄礼一件，小小意思，聊表心意。”

“不知小姐此举为何，少爷？”

我解释了来龙去脉。吉夫斯恭恭敬敬地咋舌。

“我一直认为，少爷或许记得，”他听我说完开口道，“威克姆小姐虽然楚楚动人——”

“是是，别管这些了。咱们怎么是好？这才是重点啊。阿加莎姑妈六七点就要回来了，她会发现少了一条亚伯丁梗。估计她一路上晕船晕得厉害，所以你也不难想象，等我宣布她的爱犬平白给了一个陌生人，她可不会有什么慷慨的心情。”

“是，少爷。的确令人为难。”

“你说令人什么？”

“为难，少爷。”

我鼻子里哼了一声。

“哦？”我说，“照我看，要是你遇上旧金山地震爆发，估计会竖起食指说‘啧，啧！嘘，嘘！喏，喏！得了！’我上学那会儿，人家跟我说英语博大精深，是世界上表达最丰富的语言，从头到尾数得出一百多万带劲儿的形容词。可你呢，听说这桩惨事，唯一能想到的词儿却是‘为难’。这不叫为难，吉夫斯。这叫……那个词怎么说来着？”

“天崩地裂，少爷？”

“不是才怪呢。好了，怎么办呢？”

“我去给少爷兑一杯威士忌苏打。”

“这有什么用？”

“少爷可以借此平复一下。与此同时，若是合少爷的意，我会思量一番。”

“去吧。”

“遵命，少爷。我想，少爷是不希望有意或无意地破坏掉威克姆小姐和布卢门菲尔德父子之间既存的友好关系吧？”

“呃？”

“比如说，少爷不会考虑前往萨沃伊酒店，向对方索要麦金？”

这个想法挺诱人，但我坚定地摇了摇脑瓜儿。咱们伍斯特是有所为，但是——各位明白吧——也有所不为。按他这个步骤走，无疑能手到犬来，但开罪了那个小子，他准保要翻脸，否了那个剧本。虽然我觉着伯比她母上大人写出来的东西很可能对票友们有害无益，但话虽如此，我总不能打翻老夫人到了嘴边的好茶吧。总而言之，是君子成人之美的义务使然。

“不错，吉夫斯，”我回答，“不过，要是你有什么办法让我神不知鬼不觉地溜进酒店套间，把那只畜生偷出来，又不伤了彼此的和气，那尽管说。”

“我尽量想办法，少爷。”

“那赶快行动，不得有误。听说吃鱼对大脑很好。去补充点沙丁鱼，然后回来报告。”

“遵命，少爷。”

约莫过了10分钟，吉夫斯便折返回来。

“我想，少爷——”

“怎么，吉夫斯？”

“我想，少爷，我发现了一个行动方案。”

“或者叫计策。”

“或者叫计策，少爷。这个行动方案或者计策可以解决眼下的问题。若是我理解得不错，少爷，布卢门菲尔德父子是去欣赏电影了？”

“正解。”

“如此一来，5点一刻之前不会返回酒店？”

“还是正解。威克姆小姐定了5点半过去签合同。”

“因此，套房此刻空无一人。”

“只有麦金。”

“只有麦金，少爷。因此，一切都取决于布卢门菲尔德是否留下指示，如若威克姆小姐提前到达，是否请她直接到套房等候。”

“为什么一切都取决于这个？”

“如果有这份指示，那么事情就简单了。只要安排威克姆小姐5点抵达酒店，进入套房，而少爷也同时抵达酒店，在套房外面的走廊里观望。如果布卢门菲尔德父子尚未返回，威克姆小姐开门出来，少爷就趁机进门，带上麦金离开。”

我目瞪口呆。

“你吃了多少罐沙丁鱼，吉夫斯？”

“一罐也没有，少爷。我不嗜沙丁鱼。”

“你是说，你这个了不起的、完美的、神奇的计策，不靠吃鱼刺激大脑就想出来了？”

“是，少爷。”

“你真是独一无二，吉夫斯。”

“多谢少爷夸奖。”

“对了！”

“少爷？”

“要是麦金不肯跟我走怎么办？你也知道它智力多贫乏。尤其这会儿，它适应了新环境，准把我忘得一干二净，当我是彻彻底底的陌生人呢。”

“我也想到了这一层，少爷。谨慎起见，请少爷先在裤腿上撒一些八角茴香。”

“八角茴香？”

“是，少爷。八角茴香广泛用于盗狗业。”

“可吉夫斯……要命，八角茴香啊？”

“我认为此举必不可少，少爷。”

“那玩意儿去哪儿弄啊？”

“杂货铺子均有售，少爷。烦请少爷出门选购一小罐，我则即刻致电威克姆小姐，将设想的计划告诉她，并确认一下她能否进入套房。”

不知道出门买八角茴香的纪录是多少，但我觉得纪录保持者非本人莫属。想到时间嘀嗒，阿加莎姑妈离大都会越来越近，我罕见地一阵疾走。本少爷返回公寓如此之快，简直要和出门时的自己撞个正着。

吉夫斯有好消息汇报。

“一切如我们所料，少爷。布卢门菲尔德先生的确留下指示，允许威克姆小姐先行进入套房。此刻威克姆小姐正赶往酒店，等少爷到了，过去找她便是。”

知道吗，吉夫斯纵然有不少让人指摘之处——就说我吧，在我看来，他对于晚礼服衬衫的看法极为守旧落后又反动，我这个观点从来没有动摇过——但不得不承认，这家伙制订起作战方案来是把好手。拿破仑真应该跟他上上函授课。只要是吉夫斯的计策，依着照办就是了，保管没问题。

就本次行动而言，一切按部就班。以前我还真不知道偷狗原来这么容易，我还以为这活儿需要冷若冰霜的大脑和钢铁般的意志呢。这下我才发现，只要有吉夫斯指导，小娃娃都能做到。我到了酒店，偷偷上了楼梯，在走廊里转悠了一会儿，假装成盆栽棕榈，以防有人经过。很快，套房的门开了，伯比走了出来。我一走近，麦金就突然冲了出来，还兴奋地抽动鼻翼。下一秒钟，它的鼻尖就贴到了我薄薄的春季裤料，畅快地一张一合，明显是在享受。假若我是死了五天的小鸟儿，它都不会这么诚心诚意地接近。说到八角茴香味儿，本人是不大喜欢，但看来这气味直戳麦金的灵魂深处。

既然关系已然建立，其余的就简单了。我原路返回，小家伙紧跟不放。一人一狗精神饱满地下了楼梯，本人气味熏天，狗儿陶醉在芬芳中。片刻紧张的等候之后，我们安然坐上出租车，朝着家的方向。不逊于伦敦当天任何一桩活儿。

到了公寓，我把麦金交给吉夫斯，吩咐他把狗关在浴室还是哪儿，等我裤脚的魔法失灵。事成之后，我再次对吉夫斯大加赞赏。

“吉夫斯，”我说，“我以前就说过这话，这会儿我要大无畏地再说一次——你真是卓尔不群。”

“多谢少爷夸奖。事情发展尽如人意，我很高兴。”

“这场庆祝活动从头到尾顺风顺水。告诉我，你是从小就这样，还是突然变成这样的？”

“少爷？”

“大脑啊。脑灰质。你小时候是不是天资聪颖？”

“家母认为我很聪明，少爷。”

“那不算。我妈还觉得我很聪明呢。好了，这事儿以后再说。5镑你用得上吗？”

“多谢少爷。”

“当然，5镑都嫌太少。吉夫斯，你自己想想——设想一下，要是我六七点间跑过去跟阿加莎姑妈说麦金一去不返了，她得是什么反应？我还不得从伦敦跑路，开始留胡子？”

“不难想象，少爷，夫人定然会心绪不宁。”

“可不是。阿加莎姑妈心绪一旦不宁起来，英雄好汉都得钻排水管，免得挡了她的路。但现在呢，皆大欢喜……呀，天哪！”

“少爷？”

我有点犹豫。这会儿泼他冷水很不厚道，毕竟他为这项事业鞠躬尽瘁的，但我又不得不说。

“你忽略了一件事，吉夫斯。”

“不见得吧，少爷？”

“就是，吉夫斯。很遗憾，你刚才这个计策或者行动计划，虽然从我的角度来讲是完美无缺，但威克姆小姐就倒霉了。”

“何以见得，少爷？”

“咦，你还看不出，他们要是知道罪案发生时威克姆小姐就在套房里，那布卢门菲尔德父子俩会立刻怀疑她参与了麦金失踪一案。结果呢，他们惊怒交加之下，准保毁约。吉夫斯啊，你居然没考虑到这一点，我太惊讶了。你当初就该听从我的建议，吃几罐沙丁鱼。”

我挺难过地摇头晃脑，这时门铃响了，而且不是普通的门铃动静，而是那种雷鸣般的轰响，一听就知道来者血压飙升，怨气冲天。我一个惊跳。下午的忙乱使得神经系统不在赛季状态。

“天呀，吉夫斯！”

“有客到，少爷。”

“是。”

“应该是布卢门菲尔德先生，少爷。”

“什么！”

“少爷回来前不久，他打过电话，说要登门拜访。”

“不是吧？”

“是，少爷。”

“快给我出个主意，吉夫斯。”

“我想最妥善的办法是请少爷暂时藏身到长沙发后。”

这个主意不错。我跟这个布卢门菲尔德还没正式认识过，只是远远地旁观他和西里尔·巴辛顿–巴辛顿吵架，当时我就觉得，要是赶上他情绪激动，跟他锁在一处封闭的小空间里，那决不会是什么美妙的体验。此君又高又壮，浑圆有致，呈满溢态，一旦被惹急了，很可能直接扑倒在对方身上，把他压成一张饼。

于是我贴着长沙发躺倒，约5秒钟后，如同烈风刮过，有什么庞然大物冲进了客厅。

“伍斯特那家伙，”这个惯于在着装彩排时从剧院后排训斥演员的声音吼道，“他人呢？”

吉夫斯依然温文尔雅。

“我不清楚，先生。”

“他把我儿子的狗偷走了。”

“果然，先生？”

“大摇大摆地进了我们的套房，把狗带走了。”

“着实令人不安，先生。”

“你真不知道他在哪儿？”

“伍斯特少爷可能在任何一处，先生。他向来行踪难料。”

布卢门菲尔德很响地吸了一下鼻子。

“有股怪味儿！”

“先生？”

“是什么味儿？”

“回先生，是八角茴香。”

“八角茴香？”

“是，先生。伍斯特少爷撒在裤子上的。”

“撒在裤子上？”

“是，先生。”

“他想干吗？”

“我不清楚，先生。伍斯特少爷行事向来让人难以捉摸。他有些特立独行。”

“特立独行？我看是个疯子吧。”

“是，先生。”

“你是说，他真是？”

“是，先生。”

有一会儿，两人都没有话说。好长的一会儿。

“哦？”布卢门菲尔德终于开了口。听起来，他声音里所谓的冲劲儿差不多消失了。

他又好一会儿没说话。

“不危险吧？”

“只要没受刺激，先生。”

“呃——他主要受什么刺激？”

“伍斯特少爷其中一个怪癖，是不喜欢见到体态丰腴的绅士。似乎一见之下就会触怒他。”

“你是说，胖子？”

“是，先生。”

“为什么？”

“没人知道，先生。”

他又好一会儿没说话。

“我就是胖子！”布卢门菲尔德若有所思地说。

“先生，我本不想说，但既然先生先开了口……或许先生记得，伍斯特少爷得知先生要来吃午饭，因为怀疑自己到时难以自持，于是拒绝在场。”

“没错。我到的时候他正急着出门。当时我就奇怪。我儿子也奇怪。我们俩都奇怪。”

“是，先生。我想伍斯特少爷是为了免生不愉快，因为有前车之鉴……至于八角茴香味，先生，我想我已经找到来源了。若是没有猜错，气味是从长沙发后传来的。一定是伍斯特少爷在那里睡下了。”

“在做什么？”

“睡觉，先生。”

“他常常在地板上睡觉？”

“大多数下午都是。先生，要不要我叫醒他？”

“不要！”

“我以为先生有话对伍斯特少爷讲。”

布卢门菲尔德深吸一口气：“本来是，但现在没有了。我只想活着离开这里，没别的要求。”

我听见房门关上了，不一会儿，前门也合上了。我从长沙发后面爬出来，那里不太舒服，我早想换个地方。吉夫斯翩然走进来。

“走了，吉夫斯？”

“是，少爷。”

我赞许地看着他。

“干得漂亮，吉夫斯。”

“多谢少爷夸奖。”

“但我不明白他怎么会来这儿。他怎么知道麦金是我偷的？”

“恕我擅自作主，建议威克姆小姐知会布卢门菲尔德先生，说看见少爷把麦金转移出套房。少爷刚才提到，威克姆小姐或许会受到牵连，这一点我并没有忽略。我认为如此一来，布卢门菲尔德先生会对她更加心生好感。”

“我明白了。当然是兵行险招，但或许合情合理。不错，总体看来是合情合理。你手里是什么？”

“一张5镑的纸币，少爷。”

“啊，我给的那张？”

“不，少爷。是布卢门菲尔德先生赏的。”

“咦？他干吗给你5镑？”

“是他好心答谢我把狗交还给他，少爷。”

我目瞪口呆。

“难道你是说——”

“不是麦金，少爷放心，麦金在我的卧室里。这只是我趁少爷外出时在邦德街一家宠物店买来的，和麦金是同样的品种。除非是对深爱之人，否则这两只亚伯丁梗看上去别无二致。布卢门菲尔德先生并没有发觉这是无伤大雅的调包计，着实令人欣慰。”

“吉夫斯，”我说——我并不愧于承认，我的声音里有一丝哽咽，“没人比得上你，没人。”

“多谢少爷赞赏。”

“你的大脑在意想不到的地方凸出一块，所以思维能力比任意两个人加在一起还要高出一倍。完全拜你所赐，可以说欢乐满人间。阿加莎姑妈乐呵，我也乐呵，威克姆母女乐呵，布卢门菲尔德父子也乐呵。放眼望去，好一群人类都乐呵着，都多亏了你。5镑是不够的，吉夫斯。要是世人以为伯特伦·伍斯特觉得区区5镑就足够打发你这种质量的服务，我就永远抬不起头来。再来5镑？”

“谢谢少爷。”

“再来一张？”

“多谢少爷。”

“第三张，求好运？”

“这，少爷，非常感激。少爷，失陪一下，我想是电话响了。”

他奔向门厅，我只听他一口一句“是，夫人”“自然，夫人”什么的。很快他回屋来了。

“是斯宾塞·格雷格森夫人打来的，少爷。”

“阿加莎姑妈？”

“是，少爷。夫人此刻在维多利亚车站。她希望就麦金的事和少爷说两句话。大概是想听少爷亲口告诉她，小家伙一切安好，少爷。”

我正了正领带，拽了拽背心，拉了拉袖口。自我感觉好极了。

“带路。”我说。

6

艺术的点缀

这天我在达丽姑妈家吃午饭，她家的厨子阿纳托手艺出众，但尽管他在菜品方面再次超水平发挥，不得不说，我吃到嘴里，多少有点味同嚼蜡。瞧，我有个坏消息要宣布——这种情况总是叫人食欲不振。我知道，达丽姑妈听了准会不高兴，而不高兴的达丽姑妈——她少女时期大部分是在猎场度过的——说话总是比较干脆的。

但是，我总得开口，说完了事。

“姑妈。”我开门见山。

“哎？”

“关于你那个出海计划？”

“是。”

“就是你安排的游艇活动？”

“是。”

“就是你安排开游艇去地中海度假并且好心邀我同去而我也一直翘首以盼的出海计划？”

“有话就说，榆木脑袋，怎么了？”

我咽下一口精选牛排佐西兰花，公开了不幸的消息。

“抱歉得很，姑妈，”我说，“我去不了了。”

不出所料，她瞪圆了杏眼。

“什么！”

“对不起了。”

“你这个讨厌的小混账，你说去不了是什么意思？”

“呃，是不能去。”

“为什么？”

“事关重大，我务必留在大都会。”

她哼了一声。

“估计你的意思是，你得守着哪个倒霉的姑娘？”

这话也忒不中听，但不能否认，我着实惊讶于她的洞若观火——是这个词吧。就是大侦探的那种本事。

“是，姑妈，”我说，“我的秘密叫你猜中了。我的确是恋爱了。”

“是谁？”

“她姓彭德尔伯里，芳名果儿拉迪斯，有个‘儿’。”

“你是说格拉迪斯吧？”

“是果——儿——拉迪斯。”

“不会是果儿拉迪斯吧？”

“正是。”

我家老亲戚吼了一嗓子。

“你坐得倒稳当，完全不晓得要跟一个自称果儿拉迪斯的丫头划清界限？听着，伯弟，”达丽姑妈恳切地说，“我做妇人的时间比你长——哎，你明白我的意思——见识比你多一些。其中之一就是和什么果儿拉迪斯、伊泽贝儿、艾瑟儿、梅宝儿，还有什么凯瑟兰儿扯上关系，总不会有好结果。尤其是果儿拉迪斯。她人什么样？”

“好似仙女下凡。”

“不会是那天在公园以车速每小时60英里送你的那个吧？是辆红色两座车？”

“那天在公园开车送我的的确是她。我觉着这是有希望的意思。她那辆‘水凫七号’也的确是红色的。”

达丽姑妈好像松了一口气。

“哦，那还好，估计没等你们走上圣坛，她就把你的傻脑袋瓜弄分家了。总算有点安慰。你们怎么认识的？”

“在切尔西的聚会上。她是位艺术家。”

“神啊！”

“而且画技出神入化，我告诉你。她给我画了一幅肖像画。今天早上我和吉夫斯刚挂起来。我觉着吉夫斯好像不大欣赏。”

“哼，要是画得真像你，他欣赏才怪呢。艺术家！自称果儿拉迪斯！开车像赛车冠军西格雷夫赶时间。”她沉吟片刻，“哎，是挺悲剧的，但我也看不出你有什么理由不出海。”

我跟她讲道理。

“这个节骨眼离开都会，那是疯子。”我说，“你也知道小姐们的脾气。一天不见就把你忘在脑后了。此外还有个叫卢修斯·皮姆的家伙，叫我不大放心。第一，他也是个艺术家，所以他们有共同语言。另外，他还一头鬈发。对鬈发永远不能掉以轻心，姑妈。第三，这家伙态度强硬，爱摆架子。他对果儿拉迪斯，好像她给自己做车轱辘底下的尘土还不配。不仅批评她的帽子，对她的明暗对照法说得也很难听。但我不止一次发现，女孩子好像就吃这一套。有时候我觉得，我身为完美的骑士——你懂我的意思——大有可能落了下风。因此，综合考虑这些因素，我决不能跑到地中海，给这个皮姆可乘之机。这你一定明白的！”

达丽姑妈哈哈一笑。笑声很刺耳，音色里透着讥讽——至少在我听来。

“我才不担心，”她说，“难道你以为，这段姻缘会获得吉夫斯首肯？”

我愤愤然。

“你是想暗示，姑妈，”我说——此处有没有用叉子柄敲桌子，我记不清了，估计是有，“我万事听任吉夫斯摆布，他不让，我就不娶我想娶的对象？”

“那，他让你没留成胡子，不是吗？还有紫袜子，还有软襟衬衫。”

“那完全是另一码事。”

“好，我愿意跟你小赌一下，伯弟。吉夫斯会阻止这段姻缘。”

“胡说八道！”

“而且，要是他不喜欢那幅肖像画，他会想办法弄走。”

“我这辈子还没听过这么荒谬的话。”

“最后呢，你个脸大无脑的可怜虫，他会按时把你送上我的游艇。用什么办法我是不知道，但你绝对会现身，头戴游艇帽，备着换洗的袜子。”

“咱们说点别的，姑妈。”我冷冷地说。

姑妈在饭桌上的态度令我很是心绪起伏，只好先去公园里散散步，平复一下神经系统。约莫4点半，神经节终于不再突突跳了，我这才返回公寓。我看到吉夫斯正在客厅里凝视着那幅画。

跟他共处一室，我一时有点尴尬，因为出门之前我跟他讲明了打算取消游艇之旅，他有点不悦。瞧，他一直挺期待的。从我接受邀请那一刻起，我就发现，他双目中隐隐闪着船锚的幻影，我还依稀听见他在厨房里喊船夫号子来着。估计他有位先祖是纳尔逊将军手下的水手什么的，所以他总是对咸咸的海水情有独钟。记得我们乘轮船去美国的时候，我看到他像海员一样在甲板上昂首阔步，一眼望去，好像是要去升大桅操桁索，抑或是绞罗经台。

因此，即便我解释了原因，对他毫无保留言无不尽，我知道，他明显还是心中不快，所以我进门的第一件事就是故作轻松。我站到他身边，看着画像。

“挺好看的，吉夫斯，啊？”

“是，少爷。”

“艺术的点缀，最能给家居生色了。”

“不错，少爷。”

“好像整个屋子都有些——怎么说呢——”

“是，少爷。”

他的回答虽然挺正常，但态度却远远不够真诚，于是我决定把话说开了。我是说，该死。不知道各位有没有让人画过肖像画，要是有，那准能明白我的感受。看到自己的画像挂在墙上，就会觉得那是自家孩子，满腔爱意。你需要外人给予赞赏和热情——绝不是撇嘴、抽鼻子、轻蔑的死比目鱼眼神。尤其你对作画的艺术家还抱有超越一般友谊的深刻、热烈的感情。

“吉夫斯，”我说，“你不喜欢这艺术的点缀。”

“哦，不是的，少爷。”

“别，不用掩饰了，我把你看得一清二楚。出于某种原因，这艺术的点缀很不讨你喜欢。你觉着哪儿不好？”

“少爷不觉得色系过于艳丽？”

“我没发觉，吉夫斯。还有呢？”

“这，私以为彭德尔伯里小姐笔下的少爷，似乎一副馋相。”

“馋相？”

“好似狗儿望着远处的骨头，少爷。”

我纠正了他的错误观点。

“吉夫斯，这压根就不像狗儿望着远方的骨头。你说的那个表情叫作‘含情脉脉’，凸显‘灵魂’。”

“我懂了，少爷。”

我进入下一个话题。

“彭德尔伯里小姐说下午可能过来看看画像。她来了没有？”

“来了，少爷。”

“但没留下？”

“是，少爷。”

“你是说她走了，啊？”

“正是，少爷。”

“她没说再来什么的？”

“没有，少爷。我想彭德尔伯里小姐并没有再来的打算。少爷，她有些激动不安，表示要回画室小憩。”

“激动不安？不安什么？”

“因为出了一点意外，少爷。”

我忍住抓耳挠腮的冲动，只在脑子里抓挠了一下。

“你是说她出了意外！”

“是，少爷。”

“什么意外？”

“是汽车事故，少爷。”

“她受伤了没有？”

“没有，少爷，受伤的只有那位先生。”

“哪位先生？”

“彭德尔伯里小姐不幸撞倒了大厦斜对面的一位先生，致使对方腿部轻微骨折。”

“真糟糕！不过彭德尔伯里小姐没事？”

“身体状况俨然良好，少爷，但精神上颇有压力。”

“那当然，她本性那么美好那么善良，自然的。小姐家的，活在这世界上多不容易啊，吉夫斯，多少人急着往她车轮子底下撞，排了老长一队，没完没了的。她一定吓坏了。那个笨蛋呢？”

“少爷指那位先生？”

“对。”

“他正在少爷的备用卧室，少爷。”

“什么？”

“是，少爷。”

“在我的备用卧室？”

“是，少爷。彭德尔伯里小姐希望把他安置在那儿。她还吩咐我给对方身在巴黎的姐姐拍电报，通知她这场意外。此外我也叫了医生，医生叮嘱病人应暂时in statu quo[1]。”

“你是说，那个死人不一定要待到什么时候？”

“是，少爷。”

“吉夫斯，这有点过分了！”

“是，少爷。”

我这话是真心的。该死。我是说，一个姑娘可以尽管当天仙、俘虏男性的心什么的，但她总没有权力把别人的公寓当停尸间使唤啊。不得不承认，我的热情一下子消减了几许。

“那，我最好过去自我介绍一下。我毕竟是主人。他有名字没有？”

“他姓皮姆，少爷。”

“皮姆！”

“是，少爷。彭德尔伯里小姐称他为卢修斯。皮姆先生本是想过来看彭德尔伯里小姐的画作，他刚走上车行道，碰巧对方转弯。”

我向备用卧室奔去，心里极度不踏实。不知道各位追求姑娘的时候有没有遇到过鬈发情敌，总之，在这种情况下，你最不希望的就是该情敌摔断了腿，留在你府上不走了。不说别的，单是这种局面就让他明显占了上风。瞧，他往那儿一倚，把玩着一粒葡萄，容颜苍白，引人注目，成了姑娘家关心同情的对象，而你呢？西服笔挺，配着鞋罩，脸颊上泛着讨厌的健康的红晕。我觉

1 [拉丁]意为维持现状。

着这苗头有点不妙。

卢修斯·皮姆倚在床上，披着我的睡衣，抽着我的香烟，正在读探案小说。他冲我挥了挥香烟，我觉着那姿势大有屈尊俯就的意味。

“啊，伍斯特！”他说。

“少跟我来‘啊，伍斯特’！”我不客气地回敬，“你什么时候走？”

“一个星期左右吧，我想是。”

“一个星期！”

“左右。医生说暂时一定得静养，所以呢，不好意思，老兄，我得请你注意别大声说话。轻声细语才是正道。好了，伍斯特，关于这场意外，咱们得有个默契。”

“你确定不能挪地方？”

“不错，医生说了。”

“我觉着应该再找个人问问意见。”

“没用，好伙计。他特别强调过，而且人家明显是专业的。不用担心我在这儿住得不舒坦，我能应付。这张床挺好的。好了，回到意外的话题。我姐明天就会来，她会非常激动，我可是她最钟爱的兄弟。”

“是吗？”

“不错。”

“你们兄弟几个？”

“六个。”

“你还是她最钟爱的？”

“对啊。”

我觉着剩下那五个准保是非人类，但我忍住没说。咱们伍斯特懂得三缄其口。

“她嫁给了斯林斯比，‘斯林斯比三味真汤’那位。那个家伙有的是钱。但我偶尔问他借点儿给手头紧的小舅子，你以为他借吗？”卢修斯·皮姆恨恨地说，“没门，先生！算了，这事儿没关系。重点是我姐特别疼我，因此，要是让她知道开车放倒我的人是可怜的小果儿拉迪斯，她大概要告她、迫害她，总之是把她大卸八块。决不能让我姐知道真相，伍斯特。我以名誉恳求你，对这事闭口不言。”

“那是自然。”

“我很高兴，你一下子就明白了。看来你没大家说的那么弱智嘛。”

“谁说我弱智？”

皮姆微微扬起眉毛。

“难道没人说？”他反问，“啧，啧。算了，反正咱们说好了。我暂时想不出更好的故事，就只好跟我姐说肇事司机没停车就跑了，我没看清车牌号。好，你出去好吧。医生反复强调要我静养。而且我还想继续读故事呢。大反派刚往女主角的烟囱里扔了一条眼镜蛇，我得陪在她身边呀。读埃德加·华莱士[1]，不入迷是不可能的。我需要什么会按铃的。”

我走回客厅，看见吉夫斯正盯着那幅画，表情僵硬，好像很痛苦。

“吉夫斯，”我说，“皮姆先生大概是撵不走了。”

---

1 Edgar Wallace（1875—1932），英国多产作家，以惊悚小说闻名，“金刚”即出自其创作。作品多改编成电影。

“是，少爷。”

“至少是眼下。明天，他姐姐斯林斯比太太，就是‘三味真汤’那个斯林斯比，也会加入咱们。”

“是，少爷。我给斯林斯比太太拍电报时将近4点，若电报发到时她在酒店，那么她就会赶明天下午的轮船，抵达多佛港——抑或选择另一条路线，抵达福克斯通港——继而搭上7时许抵达伦敦的那趟火车。她可能首先返回伦敦的居所——”

“对，吉夫斯，”我说，“对，是个扣人心弦的故事，情节跌宕起伏、充满人情味。你日后可得谱个曲子唱出来。但现在，有件事你得牢牢记住。千万不能让斯林斯比太太知道，把她弟弟撞成两截的人是彭德尔伯里小姐。因此，我得请你在斯林斯比太太到来之前去跟皮姆先生对好口供，知道他要怎么编故事，并准备好把全部细节编圆满。”

“遵命，少爷。”

“好了，吉夫斯，那彭德尔伯里小姐怎么办？”

“少爷？”

“她准会过来探视的。”

“是，少爷。”

“那，绝不能让她看见我。小姐们的脾气你是知道的，吉夫斯？”

“是，少爷。”

“那你告诉我，要是彭德尔伯里小姐走进病房，久久地注视过惹人好感的病号，然后出门，头脑里那病号的模样还新鲜，然后一眼瞥见我穿着阔腿裤在那儿晃悠，她一定会对比一下的，我猜得对不对？你明白我的意思吧？看看这幅画，再想想那位——

一个浪漫，另一个不……啊？”

“少爷所言极是。我也正想请少爷留意。病人无疑会强烈地激发每位女性心中的母性；病人似乎总能触及女士们的内心深处。司各特有句诗写得极好：‘哦，女人哟！在欢娱的时辰，娇羞忸怩，虚情假意，难悦芳心……但当痛苦与不幸出现在眼前——’”

我举起手。

“改天吧，吉夫斯。”我说，“我很愿意听你背诗，但这会儿没心情。鉴于上述情况，我打算明天一大早就闪人，不到夜幕降临不回来。我明天开车去布莱顿待一天。”

“遵命，少爷。”

“这样安排最好，是不是，吉夫斯？”

“毫无疑问，少爷。”

“我也这么想。海风能帮我平复神经，很不幸，我这会儿有一大块神经需要平复。家中一切事务就交给你了。”

“遵命，少爷。”

“替我向彭德尔伯里小姐转达遗憾和同情，说我因公外出。”

“是，少爷。”

“要是斯林斯比太太到时候需要定定神，那你酌量供应。”

“遵命，少爷。”

“对了，给皮姆先生的汤下毒的问题，可别用砒霜，容易查出来。找个可靠的药剂师，要不留痕迹的东西才好。”

我叹了口气，斜眼瞧着画像。

“事情大大不妙，吉夫斯。”

“是，少爷。”

“作画的那会儿，我是那么快乐。”

“是，少爷。”

“啊，奈何，吉夫斯！”

“少爷所言极是。”

对话到此就告一段落。

第二天晚上，我挺晚才到家。吸过清新的臭氧，吃过丰盛的晚餐，又在月光下畅快地一路开着老爷车，我终于重拾好心情。没错，开到珀利的时候，我甚至还哼起了小曲儿。伍斯特的精神是昂扬的精神，此刻伍氏胸膛里再次一派乐观。

我是这么想的。之前认为姑娘家的注定要爱上摔断腿的家伙，那是不对的。起初，果儿拉迪斯看到姓皮姆的往那一躺，几乎废人一个，无疑会受到莫名的吸引。但用不了多久，她就会生出别的感想。她会扪心自问：把一生的幸福交到这个男人手里是否明智？毕竟这家伙看到有车过来都不知道要闪开啊。她会想，这事要是发生过一次，谁知道日后长长的岁月中会不会一而再再而三地重演。想到结婚后得天天跑医院、给先生送水果，她准会退缩。她会意识到，跟伯特伦·伍斯特这种青年搭伙，岂不是好得多？伍斯特纵然有什么缺点，至少懂得走人行路，懂得过马路前先看车。

因此，我精神焕发地把车泊在车库，一边快活地哼着“沙啦啦”，一边开门进了公寓，此时大本钟敲响了11点。我按下铃，下一秒吉夫斯就端着酒壶酒盏走了进来，仿佛掐指一算就知道我需要什么。

“回家啦，吉夫斯。”我动手调酒。

“是，少爷。”

“我不在的时候发生了什么？彭德尔伯里小姐来过吗？”

“是，少爷，约莫2点钟的时候。”

“什么时候走的？”

“约莫6点钟，少爷。”

这可不好。探视了四个小时，我觉着很是不祥。可是呢，咱们又有什么办法。

“斯林斯比太太呢？”

“她8点刚过就到了，10点钟离开的，少爷。”

“啊？很激动？”

“是，少爷，尤其是离开的时候。她强烈希望和少爷见一面。”

“见我？”

“是，少爷。”

“准是要泣不成声地感谢我，因为我慷慨地腾出地方给她最钟爱的弟弟歇歇狗腿，啊？”

“或许吧，少爷。只是她言语中对少爷十分不以为然。”

“她——什么？”

“其中一句是‘没骨气的白痴’，少爷。”

“没骨气的白痴？”

“是，少爷。”

我摸不着头脑，怎么也想不出这女人何以下此论断。阿加莎姑妈倒是常常这么训我，但她是看我从小长大的啊。

“我得弄个明白，吉夫斯。皮姆先生睡下了吗？”

“没有，少爷。他刚刚按过铃，问家里有没有更好的香烟。”

“是吗？”

“是，少爷。”

“看来经历了这场意外，他的厚脸皮还是照旧。”

“不错，少爷。”

我进房一看，卢修斯·皮姆正倚在枕头上，读他那本侦探小说。

“啊，伍斯特，”他说，“欢迎回家。我说，你是不是担心眼镜蛇呢？告诉你，没事儿。男主角趁大反派不觉，把毒牙拔掉了，结果眼镜蛇掉到烟囱下咬女主角的时候，根本是白费劲。我看这眼镜蛇肯定要骂自己是笨蛋。”

“别管眼镜蛇了。”

“说‘别管眼镜蛇’可不对，”卢修斯·皮姆温和地反驳道，“只要毒牙没拔掉，就不能不管眼镜蛇。不信你随便问个人。对了，我姐来过了，她有话想跟你说。”

“我也有话想跟她说。”

“真是‘心有灵犀一点通’。她想跟你说说我这场意外。记不记得我原来编的那个故事？就是事主跑了那个？那，当时我说的是，要是想不出更好的故事，我就这么跟我姐说。幸好我后来想出了更好的。我当时躺在床上盯着天花板，突然灵光一闪。瞧，撞人逃跑的桥段太弱了，哪有把人撞折了腿还继续开车的？一分钟都信不过。所以我就说，是你撞的。”

“什么！”

“我说是你开车撞的人。这就可信多了，整个故事就滴水不漏。我就知道你会赞同的，咱们得不惜一切代价，不能让我姐知道把我弄残的人是果儿拉迪斯。我尽量帮你开脱来着，说你当时有点喝多了，所以这事也不能怪你。换成别人，肯定没我这么体贴。不过呢，”卢修斯·皮姆叹了口气，“只怕她对你还是不大高兴。”

“她不高兴了，啊？”

“不错。所以我强烈建议，要是想让明天的见面愉快些，你得趁今天晚上哄哄她。”

“你说哄哄她是什么意思？”

“我建议你给她送点花。这多有风度。她最喜欢玫瑰了，送几朵玫瑰给她——地址是希尔街三号——结局可能会因此改变呢。我想我有责任告诉你，老兄，我姐比阿特丽斯生气起来可不好惹。我姐夫随时就要从纽约回来了，依我看呢，麻烦就是要是比阿特丽斯到时候还没给哄好，就会指使我姐夫，让他告你侵权、渎职还是什么的，狠狠敲你一笔损失费。我姐夫不大待见我，估计他还挺欣赏把我撞瘸的人，但他对我姐可是爱得发疯，把她的话当圣旨。所以我的建议是，‘玫瑰堪折直须折’，火速送到希尔街三号。不然的话，你还没来得及喊声‘喂’，斯林斯比对簿伍斯特一案就打起来了。”

我瞪了他一眼。当然，对他根本是白费。

“真遗憾，你之前怎么就没想到？”我说。我这话自然是醉翁之意不在酒，大家明白吧？

“我怎么没想到，”卢修斯·皮姆答道，“咱们不是说好了，得不惜一切代价——”

“嗨，行了，”我说，“行行。”

“你不生气？”卢修斯·皮姆有点意外地瞧着我。

“啊，怎么会！”

“太好了，”卢修斯·皮姆松了一口气，“我就知道，你肯定也觉得这是唯一可行的办法。要是让比阿特丽斯知道果儿拉迪斯，那可就遭殃了。伍斯特，我敢说你也发现了，女同胞要是逮到机会教训人，对方也是女同胞的话，那可比对男同胞下手要狠一倍呢。而你，身为男性，准会万事顺利。一夸脱各类玫瑰、几个微笑、一两句体己的话，还没等你反应过来，她就跟你冰释前嫌了。只要出好牌，不出5分钟，你跟比阿特丽斯就会相视大笑，玩起丢手绢来了。不过呢，千万别让斯林斯比真汤兄发现。他特别爱吃我姐的醋。好了，老兄，抱歉得很，我得送客了。医生嘱咐我这两天不能说太多的话。而且这会儿也该晚安了。”

我越琢磨越觉着送玫瑰的点子可行。卢修斯·皮姆这个人我虽然不喜欢——不错，要是让我在他和蟑螂之间选一个做旅伴，老蟑还会略略胜出一筹——但他的战略无疑是正确的。既然他的建议不错，那我决定听他的。第二天，我10点一刻起了个大早，吞下补充体力的早餐，然后跑到皮卡迪利花店。这事可不能交给吉夫斯。这种任务重在亲力亲为。我不惜花了几镑的价钱，选了一大捧花，附上名片，一起送到希尔街，然后去“螽斯”打了个尖，来了一杯提神剂。我一般没有上午喝酒的习惯，但预计这天上午会相当特别。

返回公寓的时候将近正午。我走进客厅，试着调整心态，预备这场即将到来的会面。当然，这事儿无法避免，但我也知道，场面不会好看，不是你白发苍苍时在壁炉前烘着脚趾想起来忍不住会心一笑那种。是生是死全看那束玫瑰的。要是斯林斯比给哄开心了，那就好办了。但要是没哄开心，那伯特伦就要遭殃。

时钟嘀嗒，但她还是没来。八成是爱赖床。想到这一点，我受了一点鼓舞。据我对女士的了解，越是早起的主儿，心性就越歹毒。就拿我阿加莎姑妈来说吧，她总是跟云雀一个时辰醒，瞧瞧她。

但话说回来，这条规律也不总是成立，过了一会儿，我心里又开始七上八下起来。为了转移注意力，我把推杆取出来，拿酒杯当球洞，练习击球。要是这个斯林斯比果然符合我偶尔悲观时的想象，那我也提高了球场上靠近球洞的技巧，总算有点收获。

正当我铆足了劲儿对付一记棘手球的时候，门铃响了。

我急忙收起杯子，把推杆往长沙发后面一扔。我觉着，要是让这位女士发现我还有心思搞“玩物丧志”，她一定觉得我全无悔意、没心没肺。我正了正衣领，板了板背心，努力在脸上安了一个似笑非笑的忧郁表情，既不是兴高采烈，又不失欢迎之意。我看着镜子，觉着没问题，于是保持着这个表情，等着吉夫斯开门。

“斯林斯比先生到。”吉夫斯通报。

说完，他关上门扬长而去，屋子里只剩我们俩。

有那么一会儿，彼此都没有要打开话匣子的意思。本来我等的是斯林斯比太太，结果来客却和她全然不同——其实根本不是一个人——惊讶之下，声带似乎受了些影响。而客人好像也不打算寒暄几句，他站定了，是内心强大、惜字如金的类型。估计只有这种人才有能力生产出叫人信服的速食汤吧。

“斯林斯比三味真汤”模样像罗马皇帝，眼神犀利直指人心，下巴前伸。我觉着他一直死盯着我，叫人好不自在。没看错的话，他还在咬牙切齿。也不知道为什么，他好像一见到我就生出一种强烈的厌恶感，坦白说，我心里一片茫然。当然，我从不假装自己是那种“万人迷”，就是常读杂志封底宣传的小册子培养出的那种性格，但毕生中也从没有谁瞟了我这张老脸一眼，就立刻要口吐白沫的。一般情况下，大家第一次遇见我都对我视而不见。

尽管如此，我还是努力担负起主人的义务。

“斯林斯比先生？”

“的确是我。”

“刚从美国回来？”

“今天早上刚下飞机。”

“比预计的要早，啊？”

“想必是。”

“幸会。”

“很快就不是了。”

我没接话，忙着喘气。我刚刚意识到了事情原委。这家伙到了家，见过太太，得知了这场意外，于是火速赶过来，要给我以颜色。看来那些玫瑰并没能哄好那位女同胞。我看为今之计也只有尽力哄哄这位男同胞。

“想喝点什么？”我问。

“免了！”

“抽烟吗？”

“免了！”

“请坐？”

“免了！”

我再次词穷了。这些戒烟戒酒戒坐的家伙可不好应付。

“先生，收起你的嬉皮笑脸！”

我瞧了一眼镜子，明白了他的意思。那副似笑非笑的忧郁表情有点抻开了。我急忙收敛回去，接着又是一阵静默。

“好了，先生，”真汤兄说，“言归正传。我想我的来意不说你也明白。”

“是，当然，绝对明白。区区小事——”

他鼻子里哼了一声，差点把壁炉架上的花瓶掀翻。

“小事？这么说，你认为是小事，啊？”

“这个嘛——”

“让我告诉你，先生，当我发现不在家的这段日子里，有个男人一直纠缠我太太，我绝不认为这是小事。并且我打算，”汤兄恶狠狠地搓着双手表示威胁，眼中也越发精光四射，“让你认同我的看法。”

莫名其妙，完全听不懂他在说什么。脑袋瓜有点晕乎乎的。

“呃？”我说，“你太太？”

“你没听错。”

“肯定是搞错了。”

“是，错的就是你。”

“我不认得你太太啊。”

“哼！”

“见都没见过。”

“啐！”

“实话实说，真没见过。”

“呸！”

他仔细地打量了我一阵。

“你敢否认送过花给她吗？”

我的心翻了两个后空翻。我开始明白他的意思了。

“花！”他接着说，“玫瑰花，先生，大朵大朵可恶的玫瑰。船都能给它们压沉。小别针上还别着你的名片——”

他喉咙里仿佛汩汩作响，不言语了。我发觉他正盯着我身后看。我一转身，只见门口——我之前没注意到门开了，因为上述对话期间我一直谨慎地往门口方向撤退——只见门口站着一位女士。一瞥之下我就心知肚明。和卢修斯·皮姆如同一个模子出来的女性，如果不是跟他有血缘关系，那可真是倒了大霉了。这就是比阿特丽斯姐姐，那个“不好惹的”。我立刻明白了。她出门的时候玫瑰还没送到，趁我在“鑫斯”补充体能期间，尚未被哄好的她悄悄溜进公寓，这会儿她终于现身了。

“呃——”我说。

“亚历山大！”她说。

“咯！”汤兄说。他说的也可能是“嗑”。

不管是什么，总之相当于呐喊或者说战争口号。显而易见，汤兄最担心的事终于被证实了。只见他双目中闪着诡异的光，下巴又延伸出几英寸。他五指张开又合拢，好像是检查手指运作是否正常，能不能胜任干脆利落的扼杀任务。之后，他又“咯”（或者“嗑”）了一声，向前一跃，刚巧踩在我之前用来练习推杆的高尔夫球上，栽了个漂亮的大跟头。此一跤堪称一生难得一见。一时间，空气中仿佛胳膊啊腿啊什么的舞成一团，接着只听嘭一声巨响，公寓差点被掀飞，他在墙上迫降了。

我觉得此刻别无所求，于是脚底抹油溜出客厅，正伸手从门厅的衣架上抓帽子，这时吉夫斯出现了。

“好像有响动，少爷。”吉夫斯说。

“大概吧，”我回答，“是斯林斯比先生。”

“少爷？”

“斯林斯比先生在练习俄国舞蹈，”我解释道，“我觉得他摔断了一些四肢。你最好去瞧瞧。”

“遵命，少爷。”

“要是他真成了车祸现场，那就把他安置在我的卧室，再叫个医生来瞧瞧。皮姆一家老小及其各式亲戚挤了一屋子，是吧，吉夫斯？”

“是，少爷。”

“我想货源已经耗尽了，但万一姨夫舅妈什么的姻亲也跑来摔胳膊断腿的，就让他们在大沙发上委屈一下吧。”

“遵命，少爷。”

“至于我呢，吉夫斯，”我打开大门，在门口驻足片刻，“要去巴黎待上一阵。到时候地址用电报发给你。等家里皮姆和斯林斯比一干人等扫荡干净了，及时跟我通报，那时我再回来。哦，对了，吉夫斯。”

“少爷？”

“不遗余力地对这些家伙采取绥靖政策。他们以为——至少斯林斯比（女方）以为，而女方今天怎么以为男方明天也会怎么以为——开车撞倒皮姆先生的人是我。我不在的时候，要竭力把他们哄好。”

“遵命，少爷。”

“好了，你最好还是过去检验一下尸体吧。我先到‘鑫斯’去吃午饭，2点钟去查令十字街车站搭火车。收拾些行李，在那儿等我。”

大约过了三个星期，吉夫斯才发来“警报解除”的信号。这期间，我在巴黎及其周边心不在焉地转悠，虽然我挺喜欢这里，但终于能回家了，我还是由衷地高兴。我匆匆跳上飞机，几个小时后，已然身在克罗伊登，全速回归万物的中心。到了斯隆广场那片，我才第一次注意到那些海报。

当时正赶上堵车，我无所事事地左顾右盼，突然间，我的目光被什么看着眼熟的东西吸引住了。定睛一看，我才知道那是何物。

只见一面白墙上贴着一张约100×100英尺的巨幅海报，以蓝红色为主。海报最上面写着几个大字：

斯林斯比三味真汤

最底下还有一行字：

美味又营养

两行字之间，就是——本人。没错，见鬼了，正是伯特伦·伍斯特。是彭德尔伯里那幅画像的复制品，细节丝毫不差。

这种东西总会叫人眼前一片模糊，我的也的确模糊了。或许可以说，一层迷雾在眼前升起。之后迷雾散去，在交通秩序恢复之前，我又好好地观察了一番。

在我见过的所有最惨不忍睹的景象中，这幅海报轻轻松松夺了头筹。这简直是对伍斯特肖像的无礼诽谤，同时它又如此逼真，仿佛下面签了我的名字。我终于明白了吉夫斯的话：画中的我一副馋相。而在海报中，这副馋相俨然成了兽性的贪欲。只见海报上的我透过周长约6英寸的单片眼镜对着一盘汤羹垂涎，好像几周没吃饭了。一见之下，我就仿佛踏入了一个异样的恐怖世界。

我从出神还是昏迷中惊醒，发现已经走到了公寓大厦门口。奔上楼梯，冲进公寓，对我来说只是一眨眼的事儿。

吉夫斯翩然走进前厅，脸上是恭迎的神情。

“少爷回来了，我很高兴。”

“别管这个了，”我喝道，“什么玩意儿？——”

“少爷指海报？我正想着少爷路上或许注意到了。”

“注意到了！”

“令人侧目，少爷？”

“可不是令人侧目。好了，也许该麻烦你解释一下——”

“少爷或许记得，当时曾吩咐我，要不遗余力对斯林斯比先生采取绥靖政策。”

“对，可是——”

“事情相当棘手。一开始，斯林斯比先生遵从顺应斯林斯比太太的意思，坚持要和少爷对簿公堂——我想少爷为此定然会极为不悦。”

“是，可是——”

“之后，他第一天下床走动，就看到了那副画像，我心生一计，向他指出，这幅画不失为广告宣传的好素材。斯林斯比先生欣然同意。我向他保证，若是他放弃起诉的计划，少爷甘愿允许他使用该画像。他于是约彭德尔伯里小姐商谈购买版权事宜。”

“哦？那，希望彭德尔伯里小姐也有所获益？”

“是的，少爷。由皮姆先生代为出面，据我了解，最终达成的条件非常令人满意。”

“他代为出面，啊？”

“是的，少爷。以彭德尔伯里小姐未婚夫的身份，少爷。”

“未婚夫？！”

“是，少爷。”

听到这条消息，我并没有如遭雷击之感，只是叹了一句“哈”还是“哦”，也可能是“啊”。由此可见，那幅海报已然害我丢了魂。海报之后，一切都是浮云。

“海报之后，吉夫斯，”我说，“一切都是浮云。”

“是吗，少爷？”

“不错，吉夫斯。伊人罔顾我一片真心，那又如何？”

“少爷所言甚是。”

“我以为听到爱神的召唤，原来是打错了。这会让我一蹶不振吗？”

“不会，少爷。”

“的确不会，吉夫斯。我没有。我关心的是大都会大街小巷都张贴着我这张脸，双眼还死盯着‘斯林斯比三味真汤’，这太可怕了。我必须撤离伦敦。‘螽斯’的哥们儿不把我笑死绝不会罢休。”

“是，少爷。况且斯宾塞·格雷格森夫人——”

我脸唰地就白了。我还真没想过阿加莎姑妈，对于我给家族声誉抹黑的事，她该有什么话说？

“你是说她打过电话？”

“每天都有几通，少爷。”

“吉夫斯，躲是唯一的出路。”

“是，少爷。”

“继续往巴黎跑，啊？”

“我不提倡这一做法，少爷。据我了解，海报很快也会见于巴黎，名为Bouillon Suprême。斯林斯比先生的产品在法国销路极佳。少爷还是眼不见为净吧。”

“那该往哪儿走？”

“少爷，我或许有个建议。少爷何不按原计划，乘特拉弗斯夫人的游艇去地中海一游？游艇上不会有广告牌的滋扰。”

我觉着他怎么胡说八道的。

“游艇不是几周前就出发了吗，这会儿都不知开到哪儿去了。”

“少爷有所不知。因为厨子阿纳托染上流感，出海一事推后一个月。特拉弗斯老爷的意思是，不带阿纳托，他绝不出门。”

“你是说，他们还没动身？”

“没有，少爷。游艇定在一周之后，即下周二，从南安普敦出发。”

“那，要命，这真是妙得不能再妙了。”

“不错，少爷。”

“给达丽姑妈打电话，说咱们准时奉陪。”

“少爷进门前，我已经擅自做主，打过电话了。”

“真的？”

“是，少爷。我想少爷对这个计划应该会表示赞同。”

“可不是！我从一开始就盼着出海。”

“我也有同感。这次出行应该十分宜人。”

“有咸咸的海风拂面，吉夫斯！”

“是，少爷。”

“月光洒在海面上！”

“少爷所言极是。”

“海浪轻轻地起伏！”

“少爷形容得恰到好处。”

我顿时觉得神清气爽。什么果儿拉迪斯——啐！什么海报——呸！我就是这么想的。

“唷嗬嗬，吉夫斯！”我扯一扯裤子。

“是，少爷。”

“不错，而且这还不够，唷嗬嗬，来瓶朗姆酒喂！”

“遵命，少爷。我马上端来。”

7

吉夫斯和小姑娘克莱门蒂娜

伯特伦·伍斯特的知己说得好：不管他平时如何逃避各种赛事活动，在“鑫斯”俱乐部的年度高尔夫锦标赛上，保准能看见他奋力杀向16差点的身影。但今年有些例外：比赛场地安排在海边宾利，坦白说，我当时听了消息就一阵犹豫。开幕日的这天早上，我站在“斯普兰德”酒店套间里凭窗远眺，心情实在算不得小鹿乱撞——这意思大家明白吧？我反而觉得这次可能是草率了。

“吉夫斯，”我说，“虽然咱们来都来了，但我开始寻思，这次来是不是不太明智呢？”

“这里景色宜人，少爷。”

“风光秀丽堪夸美，”我表示赞同，“但纵然暖风滋花终年，咱们可不能忘了，此地有我阿加莎姑妈的挚友梅普尔顿女士。她打理这儿的一间女校。要是姑妈知道我来了，肯定会叮嘱我去拜访一下。”

“所言极是，少爷。”

我不禁打了个哆嗦。

“我和她只有一面之缘，吉夫斯。那是在一个夏天的晚上，在我的营帐里，就在我征服纳维人的那一天。哎，其实那是一年前快到收获节前夜，在阿加莎姑妈家里，我们一起吃午餐的那一天。这种经历我可不想有第二次。”

“果然，少爷？”

“还有，你还记得我上次误闯女校的下场吧？”

“是，少爷。”

“因此，讳莫如深、三缄其口。我此行务必低调。要是阿加莎姑妈问起我这个星期去哪了，就说我去哈罗盖特做水疗了。”

“遵命，少爷。抱歉，请问少爷，是打算这身打扮出门见人？”

截至目前，谈话一直友好又融洽，这会儿我发现，一个不和谐的音符蹦出来了。我就琢磨着，他说不准什么时候就要拿我这条簇新的高尔夫灯笼裤做文章了。我下定决心，要像虎妈保护虎仔那样，跟他奋战到底。

“当然，吉夫斯，”我回答，“怎么？莫非你不喜欢？”

“是，少爷。”

“你觉得颜色太艳？”

“是，少爷。”

“在你看来，是有点扎眼？”

“是，少爷。”

“那，我是喜欢得不得了，吉夫斯。”我坚定地说。

空气中已然弥漫起一股刺骨的寒意，因此我决定，干脆趁机把另一条隐藏了一些时候的秘密暴露给他。

“呃——吉夫斯。”我说。

“少爷？”

“前两天我碰见威克姆小姐来着。我们聊了一阵子，后来她说约了一群人去昂蒂布消暑，还邀请我同去。”

“果然，少爷？”

这会儿他绝对是在挤眉弄眼。这个问题我应该讲过：吉夫斯不看好伯比·威克姆。

一阵剑拔弩张的静默。我默默给自己打气，力求展现伍斯特的决心意志。我是说，时不时地总得表明立场吧。吉夫斯的毛病就是偶尔会忘乎所以。就因为他偶尔出谋划策——我大方承认——的确是有那么一两次拯救少爷于水火，他仗着这个，就常常露骨地表现出伯特伦·伍斯特在他心中就是个弱智儿童之类的，以为没了他，走两步就要摔跤。我对此分外反感。

“我已经答应了，吉夫斯。”我冷静地轻声宣布，一边还没事儿似的一抖手腕，点了一支烟。

“果然，少爷？”

“你会喜欢昂蒂布的。”

“是吗，少爷？”

“我也会。”

“是吗，少爷？”

“那就这么定了。”

“是，少爷。”

我很得意。看来采取坚定立场效果显著。很明显，他给铁蹄碾成了灰——就是给威慑住了，这意思大家懂吧？

“那行啦，吉夫斯。”

“遵命，少爷。”

本来我以为从竞技场下来怎么也得大半夜了，但所谓成事在天，还不到3点，我就打道回府了。我正在码头来回踱步，闷闷不乐，这时却瞄见吉夫斯款步向我走来。

“午安，少爷，”他说，“没想到少爷这么早回来，不然我就留在酒店了。”

“我也没想到自己这么早回来，吉夫斯，”我有些叹息，“第一轮就给刷下来了，倒霉。”

“果然，少爷？真遗憾。”

“而且更叫人没面子的是，把我打败的那厮在午饭桌上毫不节制，明显醉得不轻。今天好像什么都不顺啊。”

“也许是少爷没能一丝不苟、目不转瞬地盯着球？”

“应该是这么回事吧。反正我是下来了，一败涂地，众望所归……”我住了口，饶有兴趣地望着地平线，“老天，吉夫斯！快看走过来的那个人！不可思议！简直和威克姆小姐一模一样。你说两个人为什么会长得这么像？”

“单就这个例子看，我想少爷觉得像，是因为那正是威克姆小姐。”

“呃？”

“是的，少爷。少爷请看，她正在摆手。”

“她怎么会跑到这儿来？”

“恕我一无所知，少爷。”

他声音透着寒意，好像是说，不管伯比·威克姆来海边宾利有何目的，在他看来，绝对没有好事。他退到一侧，显得忧心忡忡悲观失望，我则脱下洪堡帽，亲切地挥动。

“好啊！”我说。

伯比靠拢过来，泊在我身边。

“嘿，伯弟，”她说，“没想到你也在。”

“正是在下。”我向她保证。

“奔丧来了？”她瞧着我的裤子。

“潇洒不？”我顺着她的目光，“吉夫斯不喜欢，不过他在裤装的问题上一向是个老顽固。你来宾利做什么？”

“我表妹克莱门蒂娜在这儿念书。今天她过生日，我就惦记着过来看看她。我正要过去找她。你今天晚上不走吧？”

“不走，我住在‘斯普兰德’。”

“那你可以请我吃晚餐，如果你愿意。”

吉夫斯站在我身后，我虽然看不见，但却能感到他警惕的眼神齐刷刷打在我后脖颈上。我明白这眼神的含义——和伯比·威克姆搅在一起，即便是请她吃两口饭吧，也都无异于逆天而行。真是荒谬，我下了判决。乡下别墅的生活错综复杂，要是和小伯比瞎掺和，那出什么事还真说不定，这我不否认。但说到坐在一块舀两勺晚饭能潜藏着什么大灾还是大难，那我就不懂了。我于是没理他。

“当然了，好，行，没问题。”我说。

“那太好了。我今天晚上还得赶回伦敦，去伯克利参加庆祝活动，不过迟到一点也没关系。那我们大概7点半过去，之后你可以带我们去看电影。”

“‘我们’？你们？”

“我和克莱门蒂娜呀。”

“你是说，你打算带上那位讨厌表妹？”

“那当然了。过生日还不让她享受点乐趣吗？况且她才不讨厌，她是人见人爱，绝不会麻烦你，只要你过后把她送回学校就行了。又不让你伤筋动骨，这点事总办得到吧？”

我敏锐地盯着她。

“有什么名堂？”

“名堂，什么意思？”

“上次我不小心掉进女校的陷阱，那位眼如钻子的女校长非要我给那帮女土匪讲讲《理想和未来生活》。今天晚上不会吧？”

“当然不会。你走到大门口，按响门铃，看她进去就好了。”

我一阵沉思。

“这似乎在咱们的活动范围以内。哎，吉夫斯？”

“想来如此，少爷。”

听声音是阴阳怪气，我瞧了他一眼，只见他一副“为何不听我一劝”的表情，叫我好生气恼。有时候，吉夫斯活脱脱就是一位姑妈。

“好。”我再次不理他——这次表现得很尖锐。“我7点半恭候你们。别迟到。另外，”我得让她明白，好好先生的外表之下，我可是铁石心肠，“叫那小姑娘把手洗干净，不可以抽鼻涕。”

坦白说，对于和伯比·威克姆的小表妹克莱门蒂娜套近乎一事，我并没抱着太多期许，但不能否认，她并没有想象的糟糕。我发现，通常情况下，小姑娘一遇见我就爱咯咯咯笑个没完，一边窃笑一边盯着我。每次我一抬眼，就发现她们眼光仿佛黏在我身上，脸上写着不可置信，好像不肯相信我是真人。我怀疑她们是在默记我举手投足的各种小怪癖，以供过后模仿给同学们取乐。

但克莱门蒂娜这孩子却没有这些缺点。她约莫13岁——对了，既然是她的生日，那是刚好13岁——安安静静的圣人模样，只用目光默默崇拜我。她一双手白白净净，也没有着凉；饭桌上，她的表现更是无懈可击，善解人意地听我借着一只叉子和两粒豌豆演示当天下午如何在第十洞被对手置于死地，一直盯着我的嘴唇不放——打个比方。

至于看电影的时候，她同样无可挑剔，散场之后，还感谢我请她出来玩，明显很动情。我对这小姑娘格外满意，替伯比开车门的时候还赞不绝口。

“对嘛，我就说了她人见人爱，”伯比发动起动机，准备奔回伦敦了，“我一直说，学校对她有偏见。他们总是对人有偏见。我上学的那会儿，就对我有偏见。”

“对她怎么个偏见法？”

“哦，各方各面。但话说回来，圣莫尼加这种烂地方，又有什么可指望的？”

我心头一惊。

“圣莫尼加？”

“就是学校的名字。”

“你是说，她念的是梅普尔顿女士的学校？”

“难道不行？”

“可梅普尔顿女士和我阿加莎姑妈是老交情啊。”

“我知道。我来这儿念书，就是你姑妈给我母亲出的主意。”

“我说，”我紧张地问，“下午你过去的时候，没提到我来宾利的事吧？”

“没有啊。”

“那就好，”我松了一口气，“瞧，要是梅普尔顿女士知道我来了，我总得去拜访一下。我明天就走，那就没问题了。可该死，”我发现一处漏洞，“那今天晚上呢？”

“今天晚上怎么了？”

“那，我不是得去见她吗？总不能门铃一按，把小姑娘一扔就走人吧。阿加莎姑妈准跟我没完。”

伯比望着我，神色诡异，仿佛在想事情。

“说到这儿呢，伯弟，”她开口道，“我之前就想跟你说来着。我觉得，我要是你的话，就不会按门铃。”

“呃？怎么了？”

“哦，情况是这样的。听着。克莱门蒂娜呢，应该乖乖在床上睡觉的。我下午去接她的时候，她刚刚被罚。想象一下！人家过生日呢——一定非得偏要在生日当天——而且不过是因为她把冰果子露放进墨水里看它冒泡泡！”

我脚下直打跌。

“你是说，这厌恶孩子没请假偷偷出来的？”

“是，一点不错。她趁没人看见，下床溜了出来，铁了心要好好吃一顿。其实我真应该一开始就告诉你，可我不想破坏你晚上的心情啊。”

按规矩，和娇生惯养的女孩家打交道，我向来秉持慷慨的骑士精神——温文尔雅、不失亲切、言行得体。但有时候，我也忍不住出口伤人，这一次就是。

“哦？”我说。

“不过不要紧。”

“是，”我答道——如果记得不错，我这话是从牙缝里挤出来的，“再妙也没有了，是吧？这种情况，无论如何也担心不起来，啊？我就带着小姑娘回去，让梅普尔顿女士透过银边眼镜打量一番，兴致勃勃地寒暄5分钟再请辞，等着这位梅普尔顿回到书桌前，把事情前后事无巨细地写封信报告给我阿加莎姑妈。至于之后的情形，我想都不敢想。我充分相信，阿加莎姑妈会打破以往的纪录。”

这位小姐啧啧两声，表示苛责。

“伯弟，别这么小题大做的。你得学会不能庸人自扰。”

“我得学，啊？”

“事情会顺利解决的。我不是说送小克莱回学校完全不费劲，还是需要动用一点小手腕的，不过特别简单，我这就教你，你听好了。首先，你得找一条结实的长绳子。”

“绳子？”

“绳子。绳子你总认识吧？”

我傲然一挺胸。

“怎么不认得，”我说，“绳子嘛。”

“不错，绳子。带好——”

“用来变戏法，讨梅普尔顿的欢心，是吗？”

语气尖酸，我知道。我这不是正在气头上吗？

“带好绳子，”伯比耐心地说，“等你走进花园，一直走到尽头，就会看见学校旁边有一座玻璃暖房。暖房里面有一堆花盆。伯弟，看见花盆，你有几成把握能认出来？”

“我对花盆再熟悉不过。要是我猜得不错，你指的是用来栽花的那些盆一样的玩意儿吧？”

“我指的就是那个。那好。你捡几只花盆抱着，绕过暖房，走到一棵大树前面。爬上树，用绳子把花盆绑好，选一根正对着暖房的树枝，把花盆摆上去，之后，把小克莱送到大门附近，退到适当的距离，一扯绳子。这样花盆就会掉下来，砸碎玻璃。学校里会有人听到响动，出来查探。趁着大门敞开，附近又没人，小克莱就能溜进去回寝室啦。”

“假设没人出来呢？”

“那你就再拿一只花盆，原样重复。”

听上去挺可靠的。

“你保证这招管用？”

“屡试不爽。我在圣莫尼加那会儿，每次被锁在外面，都是这么进去的。好了，伯弟，你确定都记清楚了？咱们再迅速过一遍，然后我可得走了。绳子。”

“绳子。”

“暖房。”

“即温室。”

“花盆。”

“花盆。”

“大树。爬上去。树枝。爬下来。一扯。碎了。然后就上床安安啦。懂了？”

“懂了。但是，”我严肃地说，“我还有一句话要说——”

“来不及了，我赶时间。写信告诉我吧，限一页纸的单面。再见啦。”

她开车走了，我目光灼灼地盯着她渐渐远去，然后才回去找吉夫斯。他正在一边教小姑娘克莱门蒂娜用手绢叠兔子。我把他拉到一旁。这会儿我心情舒畅了几分，因为我发觉，这是一个绝佳的机会，让他以此为训，摆正自己的身份，纠正错误观念，别再把自己当成府里唯一有脑筋有手腕的成员。

“吉夫斯，”我说，“你一定会很惊讶，事情出了个小岔子。”

“没有，少爷。”

“没有？”

“不错，少爷。但凡有威克姆小姐涉足——请恕我冒昧直言，我总会留心出‘岔子’。少爷或许记得，我常说，威克姆小姐虽然楚楚动人，却——”

“是是是，吉夫斯，我知道。”

“不知这一次具体是什么麻烦，少爷？”

我做了一番解释。

“这个小姑娘擅离职守。她因为往墨水里放果子露，被罚回房思过，所以按理说晚上应该待在寝室里。但是呢，她却跑出来找我，大嚼八菜套餐，吃完又跑到海洋广场，坐在大银幕前一番消遣。因此，咱们的任务是趁别人不注意把她送进校门。吉夫斯，不妨告诉你，这个小烦人精服刑的学校，正是阿加莎姑妈的老朋友梅普尔顿女士打理的那间。”

“果然，少爷？”

“麻烦啊，吉夫斯，啊？”

“是，少爷。”

“或者可以说，麻烦大了？”

“无疑，少爷。我或许有个办法——”

等的就是他这句话。我立刻举手制止。

“我不需要你的办法，吉夫斯。此事我自有主张。”

“我不过是想建议——”

我再次举手制止。

“休再多言，吉夫斯。一切都在我掌控之中。和以前一样，我有了个主意。或许你有兴趣听听我的脑筋是怎么转的。我当时左思右想，突然冒出一个想法：像圣莫尼加这种地方，旁边很可能有座玻璃暖房，备有花盆那种。之后，电光火石之间，计划成型了。我打算找一些绳子，系在花盆上，再摆到树枝上——暖房旁自然会有一棵树遮盖——然后退到远处，握好绳子一端。你呢，就带着那个小姑娘在大门前候着，小心着别叫人看见。我一拉绳子，花盆掉下来砸碎玻璃，就会有人闻声出来，趁着大门敞开，你赶紧把小姑娘送进去，剩下的就看她的造化啦。瞧，在这项行动中，你的任务再简单不过，走过场而已，不用担心操劳过度。怎么样？”

“这，少爷——”

“吉夫斯，我以前就跟你说过这个陋习，每次我一提什么计谋策略，你动不动就是一句‘这，少爷’。每听一次，我就越不高兴。不过呢，你要是能有什么批评意见，我倒是乐意洗耳恭听。”

“我只是想说，少爷，这个计划似乎失之繁复。”

“这地方密不透风，不繁复是不行的。”

“未必，少爷。我之前想说，或许可以另辟蹊径——”

我叫他收声。

“不需要另辟蹊径，吉夫斯。咱们就按我列的步骤走。我给你10分钟的准备时间，足够你在大门前找好位置、我去找绳子的了。时间一到，我就去执行那些技术性的部分。什么也别说了。抓紧行动，吉夫斯。”

“遵命，少爷。”

我精神抖擞地爬上通往圣莫尼加的小坡，同样精神抖擞地推开前门，踏进幽暗的花园。但是，就在踏上草坪的一瞬间，我突然有种异样的感觉，仿佛全身的骨头都给换成了面条，脚步不由止住了。

不知道大家有没有过这种经历：开始的时候浑身是劲儿，蠢蠢欲动——是这个词儿吧，接着，莫名其妙地，这种感觉突然消失了，就像有人伸手把闸给拉了。此时此刻，我就是这种感受，极其不痛快——好比你在纽约那种摩天大楼顶层搭直达电梯，到了第27层才发觉，刚才不小心把心肝脾肺都落在第32层，再回去取是来不及了。

如同一块冰掉进后脖颈，我大彻大悟。是我太冲动了。就为了摆吉夫斯一道，结果把自己害了，揽上了这辈子最糟糕的差事。眼看离学校越走越近，我越发后悔，刚才不该对他那么傲慢，不肯听他陈述那个另辟的蹊径。我此刻觉得最需要的就是另辟蹊径，并且越另辟我越欢迎。

这会儿我突然意识到已经走到了暖房门口，片刻工夫，我就深入其中捡花盆去了。

再之后，向大树进发：冰雪中举起旗帜，旗上有一句古怪的题词：“更高的目标！”

说到这棵树，好像它就是为了这个目的才故意长在那儿的。对于在阿加莎姑妈密友的花园的树上跳来跃去，我的总体基本原则仍然不可动摇，但也得承认，要做这件事，还非这棵树不可。这大概是棵雪松还是什么的；我还没怎么反应过来，就发现自己已然置身世界之巅，脚下熠熠发光的就是那暖房棚顶。我把花盆放在膝头，开始绑绳子。

话说我手上忙着绑，思绪却不由自主，闷闷地开始思考“女人”这个题目。

当然了，这一刻，老好的神经正遭遇相当大的压力。现在回想起来，想法未免有些极端，但就在那种传说中的黑沉沉、万籁俱寂的时候，对于一位有识之士，越是思考女性，就越深觉不可思议：怎么能容许这个种群繁衍于世上呢?

在我看来，女人就是岂有此理。就说搅和在眼下这桩麻烦里的这几个女人吧。出头鸟就是我阿加莎姑妈，即臭名昭著的“庞特街公害”，披着人皮的食人鳄。此其一。她的密友梅普尔顿女士呢，这么说吧：在我们唯一的那次见面中，我立刻看出，她这种人不是阿加莎姑妈的密友才怪呢。此其二。伯比·威克姆，到处引诱清心之人，帮她做眼下这种勾当。此其三。伯比·威克姆的表妹克莱门蒂娜，本该一心只读圣贤书，研习贤妻良母之道，却白白辜负大好青春，只知道往墨水瓶里灌果子露——

乌合之众啊，乌合之众!

我的意思是，乌合之众!

就这么左思右想，我不禁义愤填膺，正在兴头上，还想继续大发宏论，这时突然有一束大光从树下照耀过来，接着只听一个声音说：

“嘿！”

说话之人是个警察。我之所以知道，除了因为他手中的提灯，还因为他这句“嘿”。不知道大家还记不记得，我讲过有一次我闯进炳哥·利透家里，偷取他夫人记述自家先生的那盒肉麻文章的录音带，从书房窗户脱身之后，正好落入法网。那位法律卫士当时也是一句“嘿”，并且重复了多次。显而易见，这是警务人员的培训功课。话说回来，考虑到他们和人打招呼时的一般情况，这么开启对话实在不坏。

“你给我下来。”他说。

我乖乖照做。刚才我已经成功把花盆摆在树枝上，下树前也就顺势让它留在原位，心里觉得仿佛触动了炸弹的定时引信。一切都取决于花盆的稳定性和平衡性。倘若花盆能保持不动，我就假装若无其事，或许能逃过这一劫。倘若花盆掉下来呢，那就不太好解释了。说到此，其实就目前的状况，我还真想不出有什么切实可信的解释。

但不管怎样，总得试一下。

“啊，警官。”我说。

听着很假。我于是又重复一遍，这次着重强调了“啊”字，可惜听着更假了。我觉着伯特伦必须要加把劲儿。

“没事，警官。”我说。

“没事，是吗？”

“哦，是。哦，是。”

“你在上面做什么？”

“我吗，警官？”

"对，就是你。"

"什么也没做，警官。"

"嘿！"

我们渐渐沉默了，但这可不像老朋友叙旧时那种心照不宣的沉默。叫人尴尬。叫人难堪。

"请跟我走一趟。"只听这位"尖头曼"说。

上一次我听到这些字样也是类似的出处。时逢牛剑赛艇之夜，在莱斯特广场，我的老朋友奥利弗·伦道夫·西珀利采纳我的建议，意图偷取警盔，不幸动手时警盔下还连着一位警察。那一次，这话是说给小西皮的，但即便如此，听着也是不大入耳。如今说给我，几乎有寒入骨髓之效。

"别，我说，该死！"我嚷着。

在这紧要关头，伯特伦真的是弹尽粮绝，只能用一句"狼狈不堪"形容；这时，只听身后一阵轻柔的脚步声，接着一个温和的声音打破了寂静。

"警官，你抓到人了？看来没有。这是伍斯特先生。"

警官打着提灯转过身。

"你是谁？"

"我是伍斯特先生贴身的'绅士的绅士'。"

"谁的？"

"伍斯特先生。"

"这家伙姓伍斯特是吗？"

"这位绅士确是伍斯特先生。我受雇于伍斯特先生，担任他'绅士的私人绅士'。"

我觉着警察让吉夫斯威严的气势给唬住了，不过他的回击也很有力。

“嘿！”他说，“所以不是受雇于梅普尔顿女士？”

“梅普尔顿女士并不雇佣绅士的私人绅士。”

“那你在她花园里做什么？”

“我刚刚在校内见过梅普尔顿女士，她吩咐我到花园里来，探查伍斯特先生是否成功地制服了夜盗。”

“什么夜盗？”

“伍斯特先生和我走进花园时，察觉有可疑人物经过。”

“你们干吗进花园？”

“伍斯特先生特地来拜访长辈的故交梅普尔顿女士。我们发觉有一些可疑人物正穿过草坪。发现可疑人物之后，伍斯特先生立即派我前去通知梅普尔顿女士，并请她放心，自己则留下来继续查探。”

“我发现的时候他正骑在树上。”

“倘若伍斯特先生在树上，我相信，他行事自然有充分的理由，谨以梅普尔顿女士的最佳利益为打算。”

警官先生一阵琢磨。

“嘿！”他说，“哼，不妨告诉你，我一个字也不信。警局接到举报电话，说有人私闯梅普尔顿女士的花园，结果让我抓到树上的这个家伙。我相信，你们两个是同伙，我要带你们去找女主人做指认。”

吉夫斯风度翩翩地一侧头。

“倘若警官执意如此，我很乐意奉陪。我想对此伍斯特先生的想法和我并无二致。我有信心，他不会添置障碍，阻挠警官的计划。如果警官认为，鉴于目前种种，伍斯特先生背后或者称得上大有文章，甚至是于声誉有损，那么，他自然希望洗清诬枉，尽早——”

“喂！”警察先生有点心旌摇曳。

“警官？”

“你少来。”

“就如警官所愿。”

“关上嘴巴，跟我走。”

“遵命，警官。”

坦白说，相比走向大门，倒有别的活动更令我心仪。我有种大难临头之感。吉夫斯英勇救主，故事入情入理、布局巧妙，本来我以为不成功是不大可能的。故事编得有几处连我都给说动了，结果呢，提灯之人却没有甘之如饴疑窦全消，这对我无异于当头一棒。毫无疑问，做了警察之后，思想会逐渐扭曲，对同胞的充分信任也会丧尽，从而使惹人喜爱的性格土崩瓦解。这似乎无可避免。

我实在看不出还有什么希望之光。没错，梅普尔顿女士自然会指认我为老友的侄儿，因此通往警局的游行示众、监狱里的夜生活是可以免了的。但是说到底，这有什么大用。小姑娘克莱门蒂娜应该还游离在夜色之中，到时候把她拎出来，自然真相大白。等着我的只有灼灼的目光、冷冷的奚落、给阿加莎姑妈的长信。或许干脆接受苦役拘禁才是更好的解脱。我有点拿不准。

就这样思来想去，心被忧愁压得沉甸甸的，我挪着步子走过前门，踏上走廊，步入书房，只见书桌之后，立着一个戴银边眼镜的身影，那镜片吓人地闪烁不定，一如当年在阿加莎姑妈午餐桌前——就是女主人了。我迅速瞟了她一眼，随即闭上双眼。

“啊！”只听梅普尔顿女士说。

话说这个“啊”字呢，用某种语气说出来——比如拖腔拉调，大家明白这意思吧，起头高、渐入低音区——那就是不怀好意、直叫人魂飞魄散，效果如同“嘿”字。没错，这两个字的可怕程度仍有待商榷。但我之所以吃惊，在于她说这个字却根本不是这种语气。若是听觉器官没有出故障，那这就是一个友好的“啊”！一个亲切的“啊”！好朋友之间的“啊”！我太诧异了，甚至于忘了谨言慎行的原则，竟然又斗胆瞧向她。接着，一个闷声尖叫从伯特伦嘴唇间迸发出来。

这个记忆中叫人屏息的形象，真人却并不高大。我的意思是说，她并没有“凌驾”于我之上什么的。不过，为了弥补身高上的不足，她自有一种不怒自威的气势，任何胡作非为都不肯容忍，这也是女校长的通用风范。早在in statu pupillari[1]时代我就发觉，我那位老校长是一模一样，人家一个眼神，就足以让我一五一十全招了。对，军士长就是这样。还有交警和某些邮局的女办事员。关键在于嘴一噘、眼一瞪的姿势。

简而言之，通过多年来培育年轻人——训斥伊莎贝尔啦、不动声色地找格特鲁德谈话啦什么的——梅普尔顿女士逐渐形成了一种驯兽师的气质。也正是这种气质，叫我刚才迅速瞟了她一眼之后立即闭紧双眼，默念老天保佑。可现在呢，虽然她驯兽师的气势不减，但叫人瞠目的是，她举手投足俨然是一位平易近人的驯兽师——替猛兽掖好被角之后和男孩子们一起嘻嘻哈哈的驯兽师。

“伍斯特先生，看来你没能抓到他们咯？”她开口，“真遗

---

1 [拉丁]意为受监护状态，一般指学生。

憾。不过，我还是要感激你不辞辛苦，也欣赏你勇气可嘉。我认为，你的表现值得称赞。”

我感觉嘴巴微微张开了，声带也开始抽动，但却说不出话来。实在是因为跟不上她的思路啊。我惊诧莫名。困惑不已。其实最确切的说法是呆若木鸡。

法律之恶犬一声呜咽，很像野狼眼睁睁看着俄国农夫逃之夭夭了。

“你确定此人身份，夫人？”

“确定此人身份？什么叫确定？”

吉夫斯加入了讨论会。

“夫人，我想警官是误会伍斯特先生在花园里图谋不轨了。我解释过伍斯特先生是夫人的朋友斯宾塞·格雷格森夫人的侄子，但他却不肯相信。”

我们一时都没有话说。梅普尔顿女士定睛望着警察先生，好像抓到他在圣经课上偷吃酸酸糖。

“警官，你是想说，”她的声音直击对方制服第三粒纽扣下部，刺穿其脊柱而过，“你竟然如此愚笨，误将伍斯特先生当成盗贼，把整件事搞砸了？”

“他当时骑在树上啊，夫人。”

“他怎么就不能上树了？伍斯特先生，你爬树自然是为了方便查探吧？”

这个问题我晓得答案。震惊的劲儿过了以后，“伤不化”又回来了。

“是，可不，就是嘛。当然啦，自然是。绝对地，”我回答，“为了方便查探，就是这个理儿。”

"我已经跟警官解释过，夫人，但他却认为是无稽之谈，拒不相信。"

"这个警官是个笨蛋。"梅普尔顿女士说道。有那么一瞬间，她似乎要抡起直尺打他手心。"拜他的愚蠢所赐，这会儿那些不法之徒肯定已经脱身了。为了这种结果，"梅普尔顿女士说，"我们还得交税费！"

"可怕！"我说。

"没天理。"

"真真无耻。"

"简直昭然若揭。"梅普尔顿女士说。

"真是惨不忍睹。"我表示同意。

我们俩一唱一和，眼看就要化作一对比翼鸟，这时，透过敞开的窗户，突然传来一阵响动。

我一向不擅长写景状物。上学那会儿常常要写作文随笔什么的，我的报告单上的评语基本都是"文采很差或没有，但努力了"之类的话。不错，这些年来，我跟着吉夫斯也积累了一定的词汇量，但即便如此，我也远远不够水平，无力用语言再现那惊天地泣鬼神、结结实实的撞击声。大家可以试想一下阿尔伯特音乐厅砸在水晶宫上，大概就是那种效果吧。

四个人都吓了一跳，离地若干英寸，连吉夫斯也没例外。警官先生更是吓出了一声"嘿"！

不出一秒，梅普尔顿女士就恢复了镇定自若的校长本色。

"应该是哪个小贼从暖房顶摔下去了，"她推测，"警官，或许你能在最后关头证明一下存在的道理，前去探查个究竟吧。"

“是，夫人。”

“这次尽量不要搞砸。”

“不会，夫人。”

“那就快去吧。你打算一晚上都站在那干瞪眼吗？”

“是，夫人。不是，夫人。是，夫人。”

听在耳朵里，真是妙不可言。

“说来也巧，伍斯特先生，”等那见弃于人者消失之后，梅普尔顿女士立刻又热络起来，“我刚刚写了封信给你姑妈，说你来宾利的事。我自然要重新打开来，讲讲你今晚的英勇事迹。过去，我对如今的年轻男士一直印象欠佳，但因为你，我的想法改变了。你手无寸铁，却敢于在幽暗的花园中追踪夜盗，堪称英勇无畏。而且，你有心思来看望我，也着实礼数周到。我很感动。你打算在宾利久留吗？”

这个问题我也晓得答案。

“不，”我说，“只怕不会。明天就得赶回伦敦。”

“那么，动身之前，或许可以一起吃午饭？”

“只怕不行。夫人盛情难却，但我这个约会非常重要，推不得。呃，吉夫斯？”

“是，少爷。”

“得赶10点半的火车，啊？”

“不得有误，少爷。”

“真遗憾，”梅普尔顿女士说，“我还希望你能给我的女学生们讲几句话呢。或许以后有机会？”

“不在话下。”

“下次来宾利，务必要通知我。”

“我要是再来宾利的话，”我说，“当然会通知夫人的。”

“少爷，如果我记得不错，根据日程安排，少爷有一段时间都无法抽身来宾利了。”

“相当长的一段时间呢，吉夫斯。”我说。

大门关上了。我揉着前额。

“从头道来，吉夫斯。”我说。

“少爷？”

“我说‘从头道来’，吉夫斯。我一头雾水啊。”

“其实很简单，少爷。我自作主张，决定后果自负，采取另辟蹊径的路线——少爷或许记得，我本要讲给少爷听的。”

“是什么？”

“少爷，我当时想，最谨慎的办法，就是取道后门，请求和梅普尔顿女士一叙。我想如此一来，等女仆回去传话，就有机会叫小姑娘神不知鬼不觉地溜进门。”

“成功了？”

“是，少爷。她从后楼梯上去，如今已安然回去就寝了。”

我眉头一皱。一想到克莱门蒂娜这个丫头我就心烦。

“她就寝了，啊？”我说，“我咒她染上兽瘟，吉夫斯，并且愿她礼拜天背不出短祷文被罚站墙角。然后你就进去见到梅普尔顿女士了？”

“是，少爷。”

“并且告诉她说我一个人留在花园里，赤手空拳勇斗歹徒？”

"是，少爷。"

"并且这次是特地来拜访她？"

"是，少爷。"

"这会儿她一定正忙着写附文，加在给阿加莎姑妈的那封信里，毫无保留地夸赞我。"

"是，少爷。"

我深吸一口气。这会儿天色太暗，我看不清他的脸——他超人的智慧肯定都涌现在五官之上，汹涌澎湃着呢。我努力了一阵，可惜还是看不清。

"吉夫斯，"我说，"我从一开始就该听你指挥的。"

"那样或许会省却一些不愉快，少爷。"

"可不是不愉快嘛。当时暗夜中提灯把我照亮的一瞬间，我刚把花盆摆好，顿时觉得有根肋骨错位了。吉夫斯！"

"少爷？"

"昂蒂布咱们不去了。"

"我很高兴，少爷。"

"在海边宾利这种风平浪静的地方，小伯比·威克姆尚且有办法给我弄了这么个烂摊子，真到了昂蒂布那种危机四伏的度假胜地，还有什么是她做不到的？"

"少爷所言极是。威克姆小姐——我曾经说过——虽然楚楚动人——"

"是是，吉夫斯。这事儿不用再强调了。伍斯特的双眼绝对擦亮了。"

我犹豫了片刻。

"吉夫斯。"

“少爷？”

“那条高尔夫灯笼裤。”

“是，少爷。”

“拿去施舍给穷人家吧。”

“多谢少爷。”

我叹了口气。

“我的心在滴血啊，吉夫斯。”

“我能体会少爷所做的牺牲。不过，割爱的痛苦是短暂的，很快少爷就不会再多想了。”

“你这么觉得？”

“我深信不疑，少爷。”

“那就让它去吧，吉夫斯，”我说，“让它去吧。”

8

有爱者必圣洁自己

吉夫斯每年都要告个假——这个懒鬼，通常是趁8月初，跑到什么海滨胜地休养两个星期，留下我孤零零的一个人。话说今年又到了这个时候，我们忙着讨论怎么安置他家少爷的问题。

“我似乎有印象，少爷，”吉夫斯说，“少爷本来打算接受西珀利先生的邀请，前往他在汉普郡的居所。”

我哈哈一笑。是那种干巴巴的苦笑。

“不错，吉夫斯，本来是。谢天谢地，我及时探听到了小西皮的阴谋。你猜是怎么回事？”

“猜不出，少爷。”

“我手下的探子回报，西皮的未婚妻莫恩小姐也在。此外还有他未婚妻的母亲莫恩太太以及他未婚妻的弟弟莫恩小少爷。你瞧，他请我过去，背后还不是存了歹念？你说，这家伙还不是别有用心？显然，我到时候要负责陪着莫恩太太和小塞巴斯蒂安·莫恩消遣，让他们有事可做，这样西皮和他讨厌的未婚妻就可以跑出去玩儿，在宜人的林地里漫步，谈天说地。我这次险象环生，只怕没人比我险呢。你还记得小塞巴斯蒂安吧？”

“是，少爷。”

“他那双金鱼眼？那头金色鬈发？”

“是，少爷。”

“说不出为什么，反正我从来就受不了眼前有金色鬈发晃来晃去。每次遇见，我都有种冲动，要么想踹他，要么想从高处往他头上摔东西。”

“多少秉性坚毅之士都深受其扰，少爷。”

“所以chez[1]西皮没戏。是不是门铃响了？”

“是，少爷。”

“外面有人。”

“是，少爷。”

“还是去看看是谁吧。”

“是，少爷。”

他翩然而去，回来时手里多了一封电报。一读之下，我的嘴角不由得泛起浅浅的笑意。

“真奇妙，说什么就有什么，吉夫斯。电报是达丽姑妈拍的，她邀请我去伍斯特郡的别墅小住。”

“再理想不过，少爷。”

“不错。真不明白，刚才寻找避难所的时候怎么把她给忘了。自家以外，就数在那里最松快。风景如画、酒水不限，还有全英国最好的厨子。阿纳托你没忘吧？”

“没有，少爷。”

“最重要的，吉夫斯，是达丽姑妈那儿，可恶的孩子几乎是

---

1 [法]意为在……家里。

稀缺之物。诚然，有她儿子邦佐[1]在，估计他这会儿放假在家，不过邦佐我还无所谓。那你跑一趟回个电报吧，‘却之不恭’。”

“是，少爷。”

“再搜罗些必要的衣物，记得带上高尔夫球杆和网球拍。”

“遵命，少爷。最终安排尽如人意，我很高兴。”

我以前好像说过吧，达丽姑妈在我的姑妈军团中独树一帜，是个好好夫人，并且深谙小赌怡情之道。大家或许记得，她嫁给了汤姆·特拉弗斯，后来曾经在吉夫斯的帮助下，成功将炳哥·利透太太的法国厨子阿纳托挖角，招揽在自己麾下。我一向喜欢到她家串门，不仅因为她常常邀请同道中人来家里做客，而且向来不搞乡间别墅的恶劣习俗，不用可悲地起床用早膳。

因此，我揣着一颗轻松愉快的心，把两座车小心地泊进伍斯特郡布林克利庄园的车库，取道灌木丛、网球场，绕了一圈才进门，通报客到的消息。刚跨过草坪，只见吸烟室窗口探出一张面孔，眉开眼笑的。

“啊，伍斯特先生，”只听这张面孔说道，“哈、哈！”

“嘿、嘿！”我急忙回礼，礼貌上不能输了人家。

我一时想不起这张面孔是谁，过了几秒钟才记起，这位年逾古稀、老态龙钟的先生姓安斯特拉瑟，是达丽姑妈亡父的故友，从前我在她伦敦的居所见过一两次。老先生挺好相处，但有点神经衰弱的毛病。

“刚到吧？”他继续眉开眼笑。

1 Bonzo，美语意为疯子；“邦佐狗”是20世纪20年代流行的卡通形象。

"说话的工夫。"我也眉开眼笑。

"我想咱们可敬的女主人这会儿在客厅。"

"好的。"说完又是一阵眉开眼笑你来我往，然后我才进门。

达丽姑妈的确在客厅，见到我，她热情洋溢，着实暖心窝。她也是眉开眼笑。今天还真是眉开眼笑诸君的大日子。

"哟，丑八怪，"她说，"来啦。谢天谢地你能赶来。"

这个语气才对嘛，在家族圈子里是多多益善，此处特指阿加莎姑妈。

"盛情难却，姑妈，荣幸之至，"我诚恳地说，"我相信一定会住得轻松又愉快。我见到安斯特拉瑟先生也在。还有别人吗？"

"你认得斯内蒂瑟姆勋爵吧？"

"在赛马会上见过。"

"有他们夫妇。"

"自然还有邦佐咯？"

"对。还有托马斯。"

"你说姑父？"

"不是，他去苏格兰了。是你表弟托马斯。"

"难道是阿加莎姑妈那个招人厌的儿子？"

"当然。你以为还有多少个表弟叫托马斯啊？笨蛋。阿加莎去了洪堡，走之前把她儿子塞给了我。"

我的不安溢于言表。

"可是姑妈！你可知道自己招惹了什么？你往家里引来了什么样的祸害，你可有一点头绪？凡是小托所到之处，好汉也心生怯懦。他可是英国数一数二的大魔头。说到胡作非为，没有他做不到的。”

“根据成绩册，我也是这么想的，”姑妈表示同意，“但这个臭小子现在言行举止活脱脱是从主日学校课文里出来的。是这样的。可怜的安斯特拉瑟先生近来身子不大舒坦，一发现同一屋檐下住着两个小男孩，就当机立断，立了个规矩，规定哪个孩子在他逗留期间表现得最好，就能获得5镑奖励。结果，打那以后，托马斯的肋下就生出一对洁白的翅膀。”她脸上似乎罩上了一层阴云，好像又气又恨的样子。“见钱眼开的小浑蛋！”只听她说，“这辈子就没见过有这么规矩的孩子，真叫人作呕。足以见得人性本恶，叫人绝望啊。”

我没听懂。

“这难道不是好事吗？”

“不，才不是。”

“怎么不是？装模作样、油嘴滑舌的小托，总比到处作恶、为害人间的小托好吧？是这个理儿吧？”

“胡说八道。听着，伯弟，因为这场‘品行比赛’，情况变得有点复杂。这其中另有玄机。斯内蒂瑟姆勋爵夫人得知以后自然手痒起来，坚持跟我赌一把。”

我突然眼前一亮，明白了她的意思。

“啊！”我说，“这下我懂了，我明白了，我一清二楚了。她赌小托赢，是不是？”

“对。而我呢，既然深谙他的底细，自然以为自己稳操胜券。”

“当然。”

“我当时觉得能输才怪呢。老天做证，我对我的宝贝儿子没有任何幻想。邦佐是个小祸害，自打从娘胎里出来就是。但赌他在品行比赛里胜出托马斯，还不是手到钱来的事？”

“绝对的。”

“要是比胡作非为，邦佐不过是个资质平平的劣马。托马斯可是水平一流的良驹。”

“说得好。所以姑妈你完全没理由担心，小托坚持不下去的，迟早要露出马脚。”

“话虽如此，但只怕等不到那个时候，就有人做手脚了。”

“做手脚？”

“没错，伯弟，前路有人搞鬼，”达丽姑妈严肃地说，“我下赌注的时候，对斯内蒂瑟姆夫妻丑恶的黑心肠并没有清醒的认识。直到昨天我才得知，杰克·斯内蒂瑟姆竟然怂恿邦佐爬到屋顶，对着烟囱鬼叫，吓唬安斯特拉瑟先生。”

“不！”

“可不是。安斯特拉瑟先生年迈体衰，可怜的老先生，准会吓得半死。等他恢复意识，第一句话准是取消邦佐的比赛资格，宣布托马斯自动胜出。”

“但是邦佐并没有去鬼叫？”

“没有，”达丽姑妈声音里满是为人母的自豪，“他严词拒绝了。谢天谢地，他这会儿恋爱了，因此性情大变。他对诱惑嗤之以鼻。”

“恋爱？和谁？”

“丽莲·吉许[1]。上星期，村里的‘星光梦’影院放了一部她

1 Lillian Gish（1893—1993），美国早期著名影星，有“美国银幕第一女士”之称，初期常扮演纯洁的弱女子角色。

的老电影，邦佐第一次得见佳人。出了影院，他脸色苍白神情坚定，打那以后，就努力要做到尽善尽美，所以这桩诡计才没有得逞。”

“那敢情好。”

“是。不过，现在轮到我出手了。你以为我会逆来顺受不成？对我客气，我自然待之以礼；但是谁敢毒害我的种子选手，那我就以毒攻毒。既然这场‘品行比赛’不规矩，那也别怪我不留情面。这次事关重大，不能畏首畏尾，整天想着当年母亲把我抱在膝头灌输的那些大道理。”

“押了不少银子？”

“银子事小，这可重要多了。我押了阿纳托，简·斯内蒂瑟姆押的是她家的帮厨女佣。”

“老天爷！要是姑父回家以后发现阿纳托不见了，那可有的说了。”

“他可不是闹个没完！”

“你们的赌注也太不平等了吧？我是说，阿纳托可是远近闻名的厨房大拿，手艺无人能及。”

“那，简·斯内蒂瑟姆的帮厨女佣可也不容小觑。听说这是位奇女子，而且如今好的帮厨女佣世上罕见，堪比霍尔拜因真品。况且我出的赌注总得比她高那么一点，不然她怎么肯轻易答应。好了，继续说刚才的事。要是敌方在邦佐的路上设置诱惑，那托马斯的路上自然也有诱惑等着他，而且多多益善。所以呢，快按铃叫吉夫斯，吩咐他开动脑筋。”

“可我没带吉夫斯过来啊。”

“你没带吉夫斯过来？”

“是啊。他专挑每年这个时候休假，这会儿正在博格诺捕小虾呢。”

达丽姑妈深深地忧虑起来。

“那还不立刻叫他回来！没有吉夫斯，你以为自己能派上什么用场？你这个可怜的榆木脑袋！”

我挺了挺胸——挺胸抬头收腹做了全套。说起吉夫斯，没人比我更尊重他，但这话伤了伍斯特的自尊。

“有头脑的人不只有吉夫斯一个，”我冷冷地说，“此事就交给我，姑妈，预计今天晚饭前，我就能制订出一个全面可行的方案，交与姑妈过目。要是我治不住这个小托，那我就把帽子吃了。”

“要是阿纳托走了，你也只能吃帽子了。”达丽姑妈一副此生无望的样子，我看在眼里，很不是滋味。

我告退的时候已经努力思索开来。我从前就怀疑，虽然达丽姑妈对我总是和善可亲，好像很享受有我陪她，但她内心深处对我的智力却是不屑一顾，和我所喜闻乐见的要差一截。她习惯性地称我是“笨蛋”，而且每次跟她提个小想法、小主意、小灵感什么的，她也常常一阵大笑了之，虽然透着宠爱，但也十分刺耳。刚才这场谈话中，她更是露骨地暗示，像眼下这种需要决断和手腕的危急关头，我根本不是她考虑的人选。因此，我打定主意，要让她看看，过去是如何低估了我。

为了让诸位对我有一个了解，我不妨透露一下：走廊才走了一半，我就想到了一个绝妙的点子。接着我用一根半香烟的工夫斟酌一遍，发现全无纰漏，只要——哎呀，只要安斯特拉瑟先生对于坏品行的看法和我一致。

碰到这种情况，首要就是对个体心理大略有个底——不信去问吉夫斯。对个体研究充分，就能马到成功。话说我对小托研究多年，对他的心理更是了如指掌无所不知。他就是那种绝不“衔怒到日落”的孩子。我是说，要是做了什么事刺激、开罪或是惹毛了这个未成年恶徒，他准保看好一切机会，第一时间下狠手报复回去。就说去年夏天吧，他得知某位内阁大臣举报他抽烟的事儿，就把此人困在阿加莎姑妈赫特福德郡居所的湖心岛上——注意了，当时下着大雨，而且岛上陪他的只有一只天鹅，而且是我这辈子见过的最凶狠的一只。瞧，明白了吧！

因此我认为，只要斟酌几句讽刺或者奚落，针对他最敏感的地方，必然能让这个小托动起邪念，计划对我施以惊天动地的暴行。要是各位怀疑我是否甘愿做如此大的自我牺牲，成全达丽姑妈，我只有一句话：伍斯特家风如此。

只是还有一点有待确认：如果罪行是对伯特伦·伍斯特犯下的，安斯特拉瑟先生是否会认为足以凭借此罪将小托踢出比赛队伍呢？抑或他老人家只会呵呵一笑，咕哝着男孩子哪有不淘气的？要是后一种情况，那就没戏了。我决定先跟他打个招呼，问明状况。

他还在吸烟室里没走，这会儿正在读《时代晨报》，看起来脆弱得不堪一击。我开门见山。

“哦，安斯特拉瑟先生，”我说，“好啊！”

“美国市场发展趋势很不好啊，”他说，“这股强力熊市很不好啊。”

“是吗？”我说。“那，不管怎么样，话说您这个‘品行’

奖？”

“啊，你也听说了？”

“我不大清楚您的评分规则。”

“哦？其实相当简单。我每天计一个分数。每天先给两个孩子各自计20分，然后根据他们行为的恶劣程度酌情扣减。举个简单的例子吧。一大早在我卧室门外大喊大叫，扣3分；吹口哨，扣2分。如果失德性质严重，那么失分相对地就更多。晚上休息之前，我在小笔记本里统计当天的总分。我想这样既简单，又十分巧妙，你说呢，伍斯特先生？”

“绝对的。”

“到目前为止，结果叫人相当满意。两个小朋友谁也没丢一分，我的神经系统安然无恙。当初我得知做客期间府上还有两个少不更事的男孩，坦白说，我哪敢有这种奢望。”

“明白了，”我说，“了不起。那么，对于所谓的一般性道德败坏，您又如何处置呢？”

“什么？”

“哦，我是指那些没有影响到您个人的恶行。假设他们有谁对我做了什么事，给我布了一个陷阱什么的？或者假设——往我床上放了一只青蛙什么的？”

他听到这句话震惊不已。

“要是出现这种情况，我一定给肇事者扣整整10分。”

“才10分？”

“那就15分。”

“20分多整装呀。”

“那，或者就扣20分。我对恶作剧一向深恶痛绝。”

“我也是。”

“伍斯特先生，要是果然有谁做出这种恶劣的行为，你一定会通知我吧？”

“第一个就告诉您。”我向他保证。

于是乎我一踏进花园就四处寻找小托。这会儿我胸有成竹，伯特伦再无后顾之忧。

没费多少工夫，就让我在凉亭里找到了。他正捧着一本增长见闻的书。

“嗨。”他面露微笑，圣人一般。

话说这个人类祸害是个小胖墩，都怪人民太过迁就，使他得以危害祖国达14年之久。他生就一管朝天鼻、一对绿油油的眼珠，总体形象就是一个未来的小流氓。我以前就讨厌他这副面孔，如今添了这圣人般的微笑，更加觉得目不忍视。

我在脑海里迅速挑选了几句冷嘲热讽。

“哟，小托，”我说，“你在这儿啊。瞧你胖得，都要赶上猪了。”

这句做开场白应该不错。根据经验，要说有哪个话题他不可能乐呵呵地甘之如饴，听任挖苦，那就数他腰间的游泳圈了。记得上次我偶尔提起，他立刻回嘴。别看他一个小孩子家，我要是能有他那些词汇量，都要为之骄傲的。但是现在呢，只见他眼中的渴盼一闪而过，继而露出一个笑脸，越发像圣人了。

“是啊，我体重好像的确是长了点。”他心平气和地说，“趁在这儿的这段日子，我得多运动运动。你要不要坐下，伯弟？”他一边说一边站起身，“你赶了这么久的路，肯定累了。我去给你拿个垫子来。你有烟吗？那有火吗？我去吸烟室给你拿。那要不要我给你端点喝的？”

不夸张地说，我大惑不解。虽然刚才达丽姑妈跟我讲过，但我无论如何也不能相信，这个小无赖对同类的态度真的发生了什么翻天覆地的实质性转变。可眼下呢，听了他这一席话，仿佛他已化身童子军加送货车的结合体，我千真万确是大惑不解。尽管如此，我再接再厉，不改斗牛犬本色。

“你还在念那所破烂小学呢？”我问。

他或许对腰围的问题刀枪不入了，但有人出言侮辱母校，他总不至于也听之任之吧？为了钱这般丧尽天良，那也太不可思议了。可惜我想错了。显然，金钱欲已经把他紧紧攫住。只见他摇摇头。

“我这个学期就毕业了，下学期要去佩文赫斯特。”

“那儿是不是要戴学位帽？”

“是啊。”

“垂着粉红流苏？”

“是啊。”

“你戴在头上不知是什么蠢样子呢！”我嘴里说着，心里却没抱多少期望。我还纵情大笑。

“估计是吧。”他笑得比我更加纵情。

“学位帽！”

“哈哈！”

“粉红流苏！”

“哈哈！”

我只好放弃。

“唉，突突。[1]”我闷闷地道别，转身走了。

几天以后我发现，这小子中毒之深远超过我的预料。小托利欲熏心，已经无药可救。我是从安斯特拉瑟老先生口中得知这个坏消息的。

这天我刚在卧室里用过早饭，焕然一新，下楼梯的时候碰见了他。

“哦，伍斯特先生，”他说，“你之前对我组织的这个小小的品行奖很感兴趣，我很高兴。”

“哦，啊？”

“当时好像给你解释过计分标准。不过呢，今天早上，我不得不做点小改动。我觉得这是情况需要啊。当时我正巧遇见咱们女主人的侄儿小托马斯。他刚进门，一脸疲惫，看来风尘仆仆的。我于是问他，这么一大早的，他去哪儿了——当时还没开早饭——他说前一天晚上听你感叹离开伦敦前忘了安排把《体育时报》寄到这儿，所以他特地跑去火车站，徒步走了3英里多路，帮你买了一份。”

我眼前一花，视线一片模糊。眼前仿佛出现了两位安斯特拉瑟先生，两个轮廓都有些闪烁不定。

“什么！”

“我理解你的激动，伍斯特先生。我感同身受。像他这么大的孩子，居然如此无私善良，实在难得一见。从这件小事中足见他一片赤子之心，我分外感动，因此打破了原来的规矩，给小朋友额外加了15分。”

1　年轻人经常以模仿汽车喇叭的拟声词做告别语，如toodle-oo等；文中为法语对应词teuf-teuf。

“15分！”

“现在想想，还是加20分吧。就像你之前说的，这个数字才整装。”

他迈着方步走了，我火速去找达丽姑妈。

“姑妈，”我说，“情况大大地不妙。”

“还用你说，”达丽姑妈动情地说，“你知道刚才出什么事了？斯内蒂瑟姆那个小人跟邦佐说，要是他早饭时在安斯特拉瑟先生背后拍纸袋子响儿，就给他10先令。这种人，就该把他赶出赛马场，逐出俱乐部！再次感谢爱情的力量！我可爱的邦佐听了以后瞥了他一眼，不屑地走开了。但由此可见咱们的对手有多可怕。”

“还有比这个对手更可怕的，姑妈。”我说着跟她解释了情况。

她目瞪口呆。甚至可以说呆若木鸡。

“托马斯真这么做了？”

“千真万确是小托。”

“为了给你买报纸，走了6英里路？”

“6英里还多一点。”

“卑鄙无耻！老天，伯弟，你想过没有，他或许会继续日行一善——甚至两善？就没有办法阻止他吗？”

“我是无计可施了。姑妈，不得不承认，我一筹莫展。眼下只有一个办法。咱们得叫吉夫斯出马了。”

“也是时候了，”我家亲戚暴躁地说，“一开始就该叫他过来。上午就给他拍电报。”

吉夫斯实在难得。他总是善解人意，什么严峻的考验都不在话下。在享受例行年假的当间儿，要是被一纸电报召回来，许多人都要大发脾气的，但吉夫斯不是这种人。第二天下午他就赶回来了，只见他晒成了古铜色，身强体健的样子。事不宜迟，我立刻交代了情况。

“就是这样了，吉夫斯，”我概述过后总结道，“这个难题，只怕要你穷尽智慧。这会儿你先好好歇着，晚上用过清淡的饮食，找个安静没人的角落，集中精神思考。你晚饭有没有特别想吃的东西、想喝的酒水？有没有什么你觉得能额外刺激大脑的东西？有的话尽管说。”

“多谢少爷。我已经想到了一个计划，想来应该能奏效。”

我凝视着他，一股崇敬之情油然而生。

“这么快？”

“是，少爷。”

“怎么可能这么快。”

“是，少爷。”

“是根据个体心理吧？”

“正是，少爷。”

我不禁失望地摇摇头，心头兜起一阵怀疑。

“那，说来听听吧，吉夫斯，”我说，“不过我看希望不大。你刚到，不可能知道小托发生了多可怕的变化。你依据的大概还是上次见面时对他的那点了解吧？白费劲，吉夫斯。这个小兔崽子不肯让这5镑逃脱自己的魔掌，如今是一派道貌岸然，做得滴水不漏。我嘲讽过他的腰线、挖苦过他的学校，他也只是淡然一笑，像只半死不活的鸭子。你明白了吧。不过呢，咱们还是听听你的建议吧。”

“少爷，我想为今之计，最好是由少爷去请求特拉弗斯夫人，让夫人邀请塞巴斯蒂安·莫恩小少爷前来小住。”

我又一阵摇头晃脑。我觉得这个计策简直是臭鸡蛋，而且还是顶级臭鸡蛋。

“那有什么鬼用？”我不是没有一点尖酸的，“干吗要请塞巴斯蒂安·莫恩？”

“他有一头金色鬈发，少爷。”

“那又怎样？”

“性格再和善之人，对长长的金色鬈发也要忍无可忍。”

嗯，这倒是有点道理。话虽如此，我也没有为之雀跃。或许一见塞巴斯蒂安·莫恩，小托钢铁般的意志防线就会崩塌，继而对其人百般摧残迫害。但我还是没抱太多希望。

“或许吧，吉夫斯。”

“我自认没有过于乐观，少爷。少爷应该记得，莫恩小少爷除了一头鬈发，性格上也并非讨人喜欢。他常常肆无忌惮、口无遮拦，我想托马斯小少爷见到比自己小几岁的男孩子如此，大概会心生厌恶。”

我之前隐约觉得有什么疏漏来着，这会终于知道是什么了。

“慢着，吉夫斯。假设小塞巴斯蒂安真是像你说的那样五毒俱全，他对邦佐的影响难道不是和小托一样吗？要是咱们的选手对他动起手来，那咱们不是傻眼了。别忘了，邦佐已经落后了20分，而且胜算越来越低。”

“料想不会发生这种状况，少爷。特拉弗斯小少爷心有所爱。在13岁的年纪，爱会产生极强的束缚力。”

“嗯，”我心下沉吟，“那，不妨试试，吉夫斯。”

“是，少爷。”

“我叫达丽姑妈今天晚上就写信给西皮。”

小塞巴斯蒂安两天后就到了，不得不说，一看到他，我之前的悲观顿时消减了大半。有种人脸上就写着找打，叫有正义感的男孩子看了，忍不住把他引到僻静的角落拳脚相加。塞巴斯蒂安·莫恩就是这种人。我看他像极了小公爵方特洛伊。我密切留意小托和他相见时的反应，只见小托眼中精光一闪，就像印第安酋长——譬如说钦加哥或者“卧牛”[1]吧——马上要拔出剥皮刀。就是那种准备动手的气势。

握手的时候，小托显得很拘谨，这是不假，只有目光如炬的旁观者才能察觉到他已经心乱如麻。反正我是发现了，并且立即传唤吉夫斯。

“吉夫斯，”我说，“要是当初不看好你的计划，我现在收回意见。我相信你找到了门路。我在撞击发生时一直留意小托，发现他眼中闪过一丝奇异的光。”

“果然，少爷？”

“而且站都站不好，耳朵也呼扇呼扇的。总之，他就是一副意志竭力抵抗、奈何身体太虚弱的样子。”

“是吗，少爷？”

“是的，吉夫斯。我切实感到了那种一触即发的张力。明天我叫达丽姑妈带这两个累赘去乡间玩儿，找个人迹罕至的地方任

1　钦加哥，詹姆斯·库柏小说《最后的莫西干人》中的主角；卧牛（1831—1890），印第安苏人部落首领、重要政治领袖。

他们撒野，剩下的就听凭本性咯。”

“好主意，少爷。”

“何止是好，吉夫斯，”我说，“简直是绝了。”

知道吗，随着年纪渐长，我越来越深信，世上其实根本不存在什么“绝了”。我已经无数次地目睹看似板上钉钉的事鸡飞蛋打，以至今日，我坚持这种超然物外的怀疑论，已很难被说动。偶尔有人在“鑫斯”等场所神神秘秘地凑过来，怂恿我投资某匹好马，据说是无论如何不会输，就算刚起跑就被雷劈也不怕。但伯特伦·伍斯特只是摇头作罢。他看惯了世事无常，知道不可百分之百地相信任何事。

要是有人事先对我说，我那小托表弟和塞巴斯蒂安·莫恩这种顶级烦人精相处一段时间下来，非但没有摸出小刀剪掉对方的一头鬈发、一路紧追把对方逼近泥塘，反而因为对方脚上磨起了泡而把那个可恶的小子一路背回家，我准会嗤之以鼻。我晓得小托，见识过他的作品，还亲眼看到他下手。哪怕是为了5镑奖金，他也不会犹豫，对此我深信不疑。

可是结果呢？就在黄昏的静谧中，小鸟温柔地呢喃，自然万物低吟浅唱着幸福与希望，打击从天而降。我当时正在凉台上和安斯特拉瑟老先生聊天，突然间看到车道转角处冒出两个孩子的身影。只见塞巴斯蒂安由小托背在背上，摘了帽子，金色鬈发在风中飘来荡去，哼唱一首歌词残缺不全的滑稽歌曲；而小托呢，虽然因为重负弓着腰，却是毅然决然，迈动沉重的步子，脸上还是那个可恶的圣人般的微笑。他走到台阶前，卸下塞巴斯蒂安，过来和我们说话。

“塞巴斯蒂安鞋里露了个钉子，”他声音低沉，满是仗义，“走起路来脚很痛，所以我背他回来了。”

只听安斯特拉瑟老先生倒吸一口凉气。

“一直背到家？”

“是，先生。”

“就这么顶着大太阳？”

“是，先生。”

“那他不沉么？”

“有一点，先生，”小托说着，又亮出圣人招牌，“可是让他走路的话会很痛的。”

我起身就走。真是忍无可忍。要说有哪位古稀之人眼看又要给人加奖励分，那就是安斯特拉瑟老先生无疑。奖励分的形状都在他眼中闪闪发光。我进了屋，看到吉夫斯在我的卧室里，正瞎捯饬领带之类的玩意儿。

他得知消息以后，微微撇了撇嘴。

“情况严重，少爷。”

“非常严重，吉夫斯。”

“这正是我所担心的，少爷。”

“你担心？我可没有。我全心全意地以为小托会把小塞巴斯蒂安宰了。我对此寄予厚望啊。由此可见，金钱欲是多么强大。这是商业化的时代啊，吉夫斯。我小时候，可是心甘情愿放弃5镑，让塞巴斯蒂安这种臭小子得到应有的教训。我会认为这钱花得值。”

“少爷只怕是误会了托马斯小少爷的动机。他之所以忍住本能的冲动，并不只是为了这5镑奖励。”

“呃？”

“他洗心革面的真实理由，我已经打探到了，少爷。”

我一头雾水。

“是宗教，吉夫斯？”

“不，少爷，是爱。”

“爱？”

“是，少爷。午饭后不久，这位小绅士和我在前厅里简短地交谈过，并对我吐露了心事。我们谈了一会儿无涉好恶的话题，然后他突然脸泛红晕，微微犹豫之后，问我是否觉得葛丽泰·嘉宝是世上最动人的美女。”

我眉头一皱。

“吉夫斯！你是说，小托爱上了葛丽泰·嘉宝？”

“是，少爷。只怕这的确是实情。据我理解，这种感情已经积累了一段时日，而她最新的影片终于让他死心塌地。他的声音因为激动而颤抖，绝没有错。从他的言语间可知，他打算穷尽一生，努力使自己配得上心中所爱。”

这真是致命的一击。大局已定。

“大局已定，吉夫斯，”我说，“邦佐这会儿落后整整40分了。除非小托犯下什么破坏江山社稷的滔天大罪，才有可能把这个差距拉平。而现在呢，这种情况是门都没有。”

“可能性看来的确微乎其微，少爷。”

我一阵沉思。

“等姑父回来发现阿纳托不见了，肯定大发雷霆。”

“是，少爷。”

“达丽姑妈可有的苦头吃了。”

"是，少爷。"

"还有，从纯私人的角度出发，除非斯内蒂瑟姆夫妇请我去吃顿家常便饭，否则这辈子尝过的最可口的美食从此就跟我诀别了。他们请我吃饭的可能性也是微乎其微。"

"是，少爷。"

"现在也只能挺直腰板，直面不可避免的结局了。"

"是，少爷。"

"像法国大革命中的贵族爬上囚车，啊？英勇无畏的笑。绷紧嘴唇。"

"是，少爷。"

"那好啦。衬衫饰钮系好了？"

"是，少爷。"

"领结也选好了？"

"是，少爷。"

"硬领和内衣都准备妥当了？"

"是，少爷。"

"那好，我这就去沐浴，去去就来。"

说什么英勇无畏的笑啦、什么绷紧嘴唇啦，说起来容易，但根据经验——我敢说其他人也有同感——真不是说安就能安上的。接下来的几天，坦白说，虽然我百般努力，脸上却常常是一股阴郁之色。除此以外，好像故意添乱似的，阿纳托的厨艺偏偏在这个节骨眼突飞猛进，从前的拿手好菜也为之黯然失色。

日复一日，我们坐在晚餐桌上，任美味在舌尖融化，我和达丽姑妈彼此对望心照不宣，而斯内蒂瑟姆男方则得意扬扬地问女方，有没有尝过这般佳肴呀？斯内蒂瑟姆女方则会回男方一个奸笑，说这辈子都没有。我和达丽姑妈再次彼此对望，姑侄二人眼中都噙着泪花儿——这意思大家明白吧。

与此同时，安斯特拉瑟老先生的归期越来越近。

可以说，时间之沙就要流失殆尽。

就在他即将启程的那天下午，终于出事了。

那是一个暖洋洋的、让人昏昏欲睡的宁静下午。我在卧室里忙着处理拖延了好一阵子的信件；从窗户望去，可以见到阴凉的草坪，草坪边缘是五颜六色的花畦。有一两只雀儿蹦蹦跳跳，一两只蝶儿飞来舞去，还有一群蜜蜂黄蜂之类的嗡嗡作响。安斯特拉瑟老先生在花园躺椅上，睡他的八小时美容觉。这派景色直叫人心旷神怡，奈何我满腹心事。唯一一处败笔就是斯内蒂瑟姆勋爵夫人在花畦间漫步，大概心里在盘算着日后的菜单。我诅咒她。

就这样，大家各行其是。雀儿继续蹦跳，蝶儿接着飞舞，蜂儿依然嗡嗡，安斯特拉瑟老先生鼾声如故——可谓相安无事。我笔下给裁缝的这封信也做好了铺垫，打算好好说道说道我那件新外套右手袖子松垂的问题。

一阵敲门声响起，接着吉夫斯走进来，送来当日的第二批信件。我接过来，胡乱撇在身边桌子上。

“唉，吉夫斯。”我郁郁地说。

“少爷？”

“安斯特拉瑟先生明天就走了。”

“是，少爷。”

我望着窗外尚在梦中的古稀之人。

“年少时，吉夫斯，”我说，“无论我爱得多深，只要见到躺椅中睡了这样一位老绅士，我都情不自禁要对他动点手脚，不论代价如何。”

“果然，少爷？”

“不错，很可能是用豌豆枪。但如今的男孩子实在道德尽丧，气概全消。这么美好的下午，我估计小托正躲在屋子里，给塞巴斯蒂安展示集邮册之类的东西呢。哼！”我的语气充满不屑。

“托马斯和塞巴斯蒂安两位小少爷应该在马厩院子里玩耍，少爷。不久前我遇见塞巴斯蒂安小少爷，他说要去那边。”

“电影啊，吉夫斯，”我说，“是这个时代的祸根。要是没有电影，让小托逮到机会和塞巴斯蒂安这种臭小子单独在马厩院子里——”

我话没说完就被打断了。只听西南方向我视线不可及的地方爆发出刺耳的尖叫。

这声尖叫如同一把匕首划过空气，安斯特拉瑟老先生一跃而起，仿佛大腿被刺中了。接着，小塞巴斯蒂安闯入了视野，他一路狂奔，身后不远处是小托，比他奔得可还要狂些。小托右手提着一只饮马用的大水桶，行动颇不方便，但他脚下生风，眼看着就要追上小塞巴斯蒂安了。这时后者慌不择路，一蹿躲到安斯特拉瑟先生背后。有那么一瞬，似乎尘埃落定了。

但仅仅是一瞬。小托明显大受刺激，也不知为了什么缘故，只见他敏捷地跨到一边，托起水桶，用力泼开去。而安斯特拉瑟先生偏偏也跨到同一边，于是乎，就我目光所及，这一桶之物尽数泼在他身上。不出一秒钟的工夫，他毫无经验或训练，就已然高居伍斯特郡湿人之榜首。

“吉夫斯！”我忍不住喊道。

“是，确实如此，少爷。”吉夫斯应道。我觉得他这句总结可谓恰到好处。

楼下园中，情势愈演愈烈。别看安斯特拉瑟老先生年迈体衰，偶尔也不乏惊人之举。我很少见到他这般年纪的人行动起来如此敏捷如此放纵不羁。躺椅旁边有一根棍子，他顺手捡起来，迈开步伐，一如两岁的娃娃。不一会儿，他和小托你追我赶，已经消失在视野之外，转到屋子一侧去了。小托虽然跑出了竞赛的风范，但从那痛苦的号叫中不难听出，速度还是不足以甩掉对手。

混乱和叫喊声逐渐平息了。我心满意足地望着斯内蒂瑟姆夫人，只见她呆立在原地，眼睁睁看着提名人的胜算一落千丈，好像胸中吃了一记。我看了好一会儿，才转身对付吉夫斯。我不动声色，心里却觉得打了一场胜仗。我很少有机会数落他的不是，这回逮到机会，我毫不留情。

“瞧，吉夫斯，”我说，“我对了，你错了。血性是骗不了人的。一时小托，就是一世的小托。豹岂能变其斑乎？古实人岂能变其那什么乎？上学那会儿学过一句名言，讲撵走本性的，怎么说的来着？”

“是‘你能用叉子撵走天性，但是它还会一路奔回来’[1]，少爷。拉丁语原文是——”

“别管什么拉丁语原文了。重点是我跟你说过，小托看到鬈发肯定克制不住，果不其然吧。你可没这么想。”

“我想这次突如其来的意外并不是鬈发导致的，少爷。”

1　古罗马诗人贺拉斯名言。

“怎么可能？”

“不，少爷。我想起因是塞巴斯蒂安小少爷言语间唐突了嘉宝小姐。”

“呃？他好端端的怎么会说这种话？”

“是我建议的，少爷。就在不久前，他往马厩院子走的时候。他很愿意照做，因为在他看来，嘉宝小姐无论从样貌还是才华方面，都远不及克拉拉·鲍小姐。他仰慕鲍小姐已久。从刚才的情况看来，我想塞巴斯蒂安小少爷一定是一有机会就提起了这个话题。”

我跌坐在椅子里。伍斯特的神经系统无力承受了。

“吉夫斯！”

“少爷？”

“你的意思是说，塞巴斯蒂安·莫恩这个乳臭未干、这个顶着一头鬈发晃来晃去又没招致人人喊打的小子，竟然爱上了克拉拉·鲍？”

“听他的意思，已经有一段时间了，少爷。”

“吉夫斯，这一代人真叫人匪夷所思。”

“是，少爷。”

“你当年也像这样吗？”

“不，少爷。”

“我也不是，吉夫斯。14岁的我曾写信给玛丽·劳埃德[1]讨签名，但除了这一件，我的私生活清清白白，随便谁来查。不过这也不是重点。重点是，吉夫斯，我要再次重重向你致谢。”

---

1 Marie Lloyd（1870—1922），英国歌舞剧场演员、谐星，一度有“歌舞剧场女王”的美誉。

“多谢少爷夸奖。”

“你再一次挺身而出，不失男儿本色，播撒甜蜜与光明，毫不含糊。”

“但求少爷满意罢了。少爷是否还有别的吩咐？”

“你是想回博格诺捕小虾了吧？去吧，吉夫斯，只要高兴，不妨再多留半个月。祝你网到成功。”

“多谢少爷。”

我定睛观察他。只见他后脑勺凸出，眼中闪着纯粹的智慧之光。

“我真心可怜那些小虾，凭那点智商还想跟你斗，真是白费力气，吉夫斯。”我说。

这可是肺腑之言。

9

吉夫斯和老同学

就在“约克郡布丁”赢了曼彻斯特11月平地障碍赛马的那年秋天，我的老朋友理查德·“炳哥”·利透的运气可谓如火如——什么词来着。无论从哪个方面看，他都是志得意满。吃得好，睡得好，太太也好。此外，他的威尔伯福斯叔叔也终于撒手人寰。人人对这位老爷子赞不绝口。炳哥由此继承了一笔不菲的财产，还有一处舒服的老宅子，在距离诺里奇市约30英里的乡下。我过去小住了几天，回程的路上琢磨，要是有谁高居世界之巅，那就是炳哥了。

之所以弃他而去，是因为乔治叔叔的肝脏又不给他好脸色了，家里人指派我护送他去哈罗盖特。动身的这天早上，我和炳哥夫妇坐在一起吃早饭，我爽快地答应，一等我杀回文明世界，就再来叨扰。

“得趁雷肯纳姆赛马会前赶回来。”炳哥敦促道，说着又开始进攻第二份香肠和培根。他一向好胃口，而乡间的空气似乎更使他食欲大增。“我们打算开车过去，带上午餐篮子在外面野餐，趁机乐一乐。”

我正要开口说会特别记在心上，这时躲在咖啡器皿后面拆信的炳嫂突然兴奋地喊了一嗓子。

“哦，亲亲小羊羔！”她喊道。

大家记得吧，这位夫人嫁给炳哥前乃是大名鼎鼎的小说家罗斯·M.班克斯，她称呼另一半一直是这种风格。我估计她形成这种作风是写了一辈子叫广大读者脸红心跳的小说之故。炳哥似乎毫不介意，想必是觉得既然媳妇儿能写出《俱乐部公子默文·基恩》和《区区一个女工》这种无与伦比的烂文章，这样已经要谢天谢地了。

“哦，亲亲小羊羔，你说是不是太开心了？”

“什么？”

“劳拉·派克想来看咱们。”

“谁？”

“你肯定听我说过劳拉·派克呀。她是我最要好的同学，我的偶像。她总是那么有思想。她说希望能住一两个星期。”

“行啊，那就请她呗。”

“你确定不介意？”

“当然了。你的朋友就是——”

“宝贝！”炳嫂一边说一边抛了一个飞吻。

“天使！”炳哥一边说一边大嚼香肠。真叫人感动。我是说，多么美好的家庭场景啊。和和气气、有谦有让什么的。开车回家的时候，我把这些感想讲给吉夫斯听。

“如今世道不太平，吉夫斯，”我说，“做太太的急于实现自我，做先生的溜到街角做些不该做的，因此家庭普遍成了大熔炉。能有这么一对情投意合的夫妻，叫人着实安慰。”

“的确令人惬意，少爷。”

“我指的是炳哥那一对。”

“正是，少爷。”

“有句诗形容的就是炳哥炳嫂那样比翼双飞的夫妇，怎么说的来着？”

“是‘心心相印，息息相通’，少爷。”

“说得好，吉夫斯。”

“这句诗一向深受喜爱，少爷。”

只可惜我当时茫然不觉，那天早上听到的消息其实是暴风雨前隐隐的雷声。神不知鬼不觉的，“命运”趁人不备，已经将铅块塞进了拳击手套。

我尽快甩掉了乔治叔叔，留他在那泡温泉，又给炳哥夫妇拍了电报，表示即刻赶到。路程有点远，赶到目的地的时候眼看要开晚饭了，我匆匆穿好正装，想着马上有美酒佳肴，心情着实不错。这时门开了，炳哥走了进来。

“嘿，伯弟，”他打招呼，“啊，吉夫斯。”

他说得有气无力，我手里摆弄领结，眼光却望向吉夫斯。两人交换了一个询问的目光。从他的眼神可以看出，我们两个人同时注意到一件事——我们的男主人、这位年轻的乡绅，可不大快活呀。只见他眉头紧锁，双眼无神，总体的姿势仪态好似在河里泡了几天的浮尸。

“出什么事了，炳哥？”作为从小到大的朋友，我自然深表关切，“你一副没精打采的样子。莫非是遭瘟了？”

“是遭了。”

“什么遭了？”

“遭了瘟呗。”

“什么意思？”

“她还在呢。”炳哥说完大笑一声，是那种刺耳的干笑，好像一侧的扁桃体罢工了。

我没听懂。这老兄好像在打哑谜。

“老兄，你好像在打哑谜，”我说，“吉夫斯，你是不是也觉得他在打哑谜？”

“是，少爷。”

“我说的是派克。”炳哥说。

“什么牌客？”

“劳拉·派克。你不记得了——”

“哦，啊。当然，那位老同学嘛。女校闺蜜。她还没走？”

“不错，看情形是要永远住下去了。罗斯待她简直是疯了，说什么信什么。”

“往昔的魅力今犹在，啊？”

“看来是吧，”炳哥说，“女生的同窗之谊真叫我搞不懂。催眠一样。我理解不了，咱们男人可不是这样啊。咱们俩也是同学，可是老天，我也没把你奉为智多星啊。”

“你没有吗？”

“我也不信你随口一句话就咳珠唾玉。”

“干吗不？”

“可罗斯对这个派克就是。她简直是派克手里的牵线木偶。要是你想见识一下堂堂的伊甸园是怎么被毒蛇用诡计生生毁掉，不复令人心驰神往的家园，这就是一个活生生的例子。”

"怎么回事？什么情况？"

"劳拉·派克，"炳哥愤愤地说，"是个饮食狂人，该死。她说现在人吃得太多吃得太快，而且吃的东西全不对，就应该吃萝卜之类的恶心东西。罗斯呢，非但没有数落这个女人是笨蛋，反而瞪大了眼睛，一味崇拜，心悦诚服。结果，家里的灶台已经给拆了，现如今我天天饿肚子。这么说吧：距离家里上一次吃牛排布丁，已经是几周前的事了。这下你该明白了。"

他话音刚落，开饭的锣声就响了。炳哥闷闷地皱起眉头。

"现在还敲那破玩意儿有什么意义？"他说，"又没有吃的。对了，伯弟，你想喝鸡尾酒不？"

"想啊。"

"哼，你喝不到了。我们现在也没有鸡尾酒了。那位女客说酒精腐蚀胃黏膜。"

我大惊失色。想不到这股邪风已滋长到如此地步。

"没有鸡尾酒！"

"是。这顿饭只要不是全素，就算你走运了。"

"炳哥，"我大为触动，"你得采取行动，你得表明自己的权威。你得坚决抵制。你得坚定立场。你得拿出一家之主的样子。"

他瞧了我一眼，神色很古怪。

"你没结婚吧，伯弟？"

"你明知道我没有。"

"猜也该猜到了。来吧。"

嗯，晚餐并不是全素。我把话说到了这个份上，大家该领会了。分量少，质量差，完全不是赶了一天路以后满心期待可以敞开肚皮大快朵颐的那种。而且不管吃的是什么，配上劳拉·派克小姐的旁白，吃到嘴里都是味同嚼蜡。

换成较乐观的场景，又或者我事先并不晓得其灵魂之扭曲，她或许会给我留下一个极好的第一印象。她是个挺标致的女郎，虽然有些棱角分明，但无疑很有吸引力。可惜，就算她貌若天仙，伯特伦·伍斯特也决不会动心。听她一开口，就算是特洛伊的海伦转世，凡是思想健全的男士，都会望而却步。

她从头到尾就没有闭过嘴。没过多久，我就明白了炳哥何以如此心如刀绞。她话中的内容只有两点，一是饮食，二是炳哥摄入过量的习惯，及其对胃黏膜的恶劣影响。她对我的胃黏膜倒是不大感兴趣，让人觉得就算伯特伦撑死了也不干她的事。她一门心思都扑在炳哥身上，仿佛炳哥才是她需要拯救于火坑的对象。只见她双眼盯牢炳哥，一如女祭司望着自己误入歧路的得意门徒，历数炳哥只吃缺乏脂溶性维生素的食物对自己的五脏六腑造成的各种伤害。她畅谈蛋白质、碳水化合物以及普通个体的营养生理需要。此女不信说话拐弯抹角那一套，讲了一则某人拒不吃西梅的轶事，完全不登大雅之堂，害得我倒足胃口，最后两个菜碰都不想碰。[1]

“吉夫斯，”当晚我摸回寝室的时候说，“我看事情不妙。”

“是吗，少爷？”

“不错，吉夫斯，我看很不妙。现在我很担心，情况比我原

1 西方普遍认为西梅有润肠的功效。

先想象的还糟糕。听了利透先生饭前的那番话，或许觉得这位派克不过是原则上支持饮食改革罢了。现在我发现并非如此。她为了证明自己的论点，就拿利透先生做反例。对他大加批判啊，吉夫斯。”

“果然，少爷？”

“对，还是在大庭广众之下。一直数落他吃得太多、喝得太多，而且还狼吞虎咽。你真该听听她把利透先生和已故的格莱斯顿先生[1]作比较的那一段话。她比较了两人的咀嚼能力，结论竟然是炳哥落了下风。但最不祥的兆头，是炳嫂还频频点头。太太们都这样吗？我是说，欢迎大家批评自家的主子兼夫君？”

“对于外人提出的调教丈夫的建议，太太们一般都从善如流。”

“所以成了家的男士总是愁眉苦脸，啊？”

“是，少爷。”

幸好我有先见之明，提早叫吉夫斯去楼下端了一碟子饼干。我随便捡了一块，若有所思地嚼起来。

“你知道我怎么想，吉夫斯？”

“不知道，少爷。”

“利透先生的居家幸福岌岌可危，可他本人还没有充分意识到事情的严重性。我开始理解婚姻生活了。我开始明白这是怎么一回事了。你想不想听听我是怎么分析出来的，吉夫斯？”

“洗耳恭听，少爷。”

“那，是这样的。就说有一对男女，新婚燕尔，开始一段日

1　威廉·尤尔特·格莱斯顿（William Ewart Gladstone，1809—1898），英国政治家，曾四次出任英国首相。

子里，是事事称心。太太觉得先生是所有女性梦寐以求的对象，视他为天下至尊——我这意思你明白吧，心里只有崇拜和敬重。可以说是欢乐满人间，啊？”

“少爷所言极是。”

“之后呢，渐渐地——借用一句成语，叫细大不捐——开始幻灭了。她观察丈夫吃水煮蛋，最初的光环开始消逝。她又观察丈夫啃排骨，光环继续消逝。以此类推，你明白吧，经年累月。”

“一清二楚，少爷。”

“现在听好了，吉夫斯，说到重点了。这才是症结所在。一般来说是没问题的，因为我刚才也说过，幻灭是渐渐产生的，女方有的是时间调整心态。但是在炳哥的例子中，由于这位不识相的派克说起话来毫无保留，所以打击是一哄而入。以迅雷不及掩耳之势，毫无任何准备地，炳嫂眼中的炳哥已然成了人形大蟒的化身，其体内器官更是乱七八糟，丑陋不堪。经过派克的丑化，她脑子里的炳哥立刻成了饭店里那种三层下巴、金鱼眼、额头上青筋暴露的食客形象。只怕用不了多久，爱意就会枯竭了。”

“少爷这样看？”

“我相当肯定。感情再深，也经受不住这种压力。就在今天吃饭的工夫，派克提了两次炳哥的肠管如何如何，我简直不敢相信自己的耳朵，就算是战后世风日下吧，这种话也不该当着男士的面说呀。哎，这下你明白我的意思了。就这么揪着人家的肠管数落个没完，人家太太不可能不犯寻思的。我认为，如此下去，利透太太很快就会认定，坏成这样，与其修修补补，不如干脆放弃炳哥，另寻新样品。”

“着实令人忧心，少爷。”

“咱们得做点什么，吉夫斯。你得想想辙。除非你有办法把这个派克扫地出门，而且还是尽快火速地，不然这个家庭气数将尽了。瞧，炳嫂生性浪漫，因此情况还不是一般的糟糕。她这种女士，一天不写出5000个肉麻文字就觉得日子虚度了，因此即便是心情好，也会时时有种渴望。写小说写得自己都信了。我是说，我怀疑炳嫂从一开始就有一丝抱憾，只怪炳哥不是她笔下那种坚毅寡言的帝国领袖，眼光神秘莫测，十指纤长灵活，脚踏一双马靴。我的意思你明白吧？”

“一清二楚，少爷。少爷是说，派克小姐的批评之语将起到催化作用，将潜意识里影影绰绰的失望情绪上升到意识层面。”

“再说一遍，吉夫斯？”我本来想一击即中，结果偏了好几码。

他又复述了一遍。

“哦，我敢说你猜得不错，”我说，“反正呢，重点就是，邮政局长派克必须走人。你打算怎么动手？”

“只怕一时之间尚无头绪，少爷。”

“行了，吉夫斯。”

“确实如此，少爷。或许待我见过这位小姐之后——”

“你是说想研究一下个体心理什么的？”

“正是，少爷。”

“那，我是想不出怎么办。我是说，你总不能凑在饭桌前听派克闲话家常。”

“这的确是个难题，少爷。”

“我看呢，最好的机会是趁星期四去雷肯纳姆看赛马的时候。我们打算带上午餐篮子在外面野餐，那你就可以堂而皇之地凑在近旁，递个三明治什么的。我建议你竖起耳朵，擦亮双眼。”

“遵命，少爷。”

“好样的，吉夫斯。那就这么定了，到时候眼睛瞪大点。这会儿呢，你得再下楼跑一趟，到处搜一搜，看还能不能再续一碟子饼干。我想吃得厉害。”

转眼到了赛马会这天。这天万里无云，妙不可言，随便谁见了，都会感叹“上帝司于天上，世上万事升”。这是晚秋的那种天气，阳光普照，鸟儿叽喳，空气中有种味道，叫人神清气爽，血管里热血沸腾。

只可惜，这种神清气爽的味道我却不大受用。我只觉得体力充沛，早饭的叉子才刚撂下，就开始琢磨午餐吃什么了。可一想到这个派克影响所及，午饭能是什么伙食，我不由垂头丧气起来。

“我做好了最坏的打算，吉夫斯。”我说，“昨天晚饭的时候，派克小姐突然蹦出一句话，说胡萝卜是蔬菜中的上上之选，兼具补血美容的神奇功效。我呢，凡是补充伍斯特热血的，我都赞成，况且我很乐意给当地居民展示一下我红润而有光泽的脸颊，让他们乐呵乐呵。但是也不能以啃生胡萝卜为代价呀。因此，为免麻烦，我想你最好在给自己准备的三明治袋子里给本少爷带出一份，有备无患嘛。”

“遵命，少爷。”

他话音刚落，炳哥就来了。这么多天以来，我头一次见他这么喜气洋洋的。

“我刚刚在监督他们装午餐篮子，伯弟，”他开口道，“我一直守在管家身边，确保他们不会胡来。”

“没问题？”我不禁舒了一口气。

“放一百个心。”

“没有胡萝卜？”

“没有胡萝卜，”炳哥回答，“有火腿三明治，”他眼中放出淡淡的奇异的光芒，“牛舌三明治、罐头肉三明治、野味三明治，还有水煮蛋、龙虾、白切鸡、沙丁鱼、蛋糕，外加两瓶堡林爵香槟，还有白兰地——”

“听着正对路，”我说，“要是没吃饱，咱们还可以去酒馆。”

“什么酒馆？”

“赛场附近没有酒馆吗？”

“方圆几英里都没有。所以我才格外小心，午餐篮子无论如何不能出岔子。赛马场地就是一片没有绿洲的沙漠，称得上是死亡陷阱了。前两天有位仁兄告诉我说，他去年去过，等打开篮子才发现，香槟酒瓶碎了，结果沙拉酱和火腿泡在一起，然后又跟戈尔根朱勒芝士粘到一块，成了一块糨糊似的。都怪路上颠得厉害。”

“那他怎么办了？”

“哦，他一块儿吃了。没别的法子。不过他说，直到现在偶尔还觉着嘴里有那种味道呢。”

换作平时，要是听说这次要兵分两路——炳哥炳嫂开自己的车，派克坐我的车，吉夫斯在后面的折叠加座——我是不会乐意的。不过考虑到目前的情况，这样安排也自有好处。我是说，吉夫斯可以研究派克的后脑勺，加以演绎推理；而我则负责跟派克聊天，让他亲眼见识一下其人。

因此，一启程，我就率先打开了话匣子，这一路上，派克也是铆足了劲儿。到了赛马场，我心满意足地把车停在一棵树旁边，跳下车。

“你都听见了，吉夫斯？”我严肃地问。

“是，少爷。”

“不好对付？”

“不可否认，少爷。”

炳哥炳嫂走过来。

“第一场比赛要半小时才开始，”炳哥说，“咱们趁现在开饭吧。吉夫斯，去把篮子拎出来，不麻烦你吧？”

“先生？”

“午餐篮子呀。”炳哥虔诚地说，还微微舔了舔嘴唇。

“篮子不在伍斯特少爷的车上，先生。”

“什么？”

“我以为先生放在自己车里了。”

我头一次见到谁满脸的喜悦这么说消失就消失了。他拖着哭腔大喊一声。

“罗斯！”

“怎么了，小甜心？”

“鲁餐丸子！”

“什么，宝贝？”

“午餐篮子！”

“怎么了，亲爱的？”

“忘带了！”

“哦，是吗？”炳嫂回答。

坦白说，我对她的好感一落千丈。我一直以为她持有很健康的饮食观，和我的各位朋友没什么不同。记得几年前，达丽姑妈挖走了她家的法国厨子阿纳托，当时她当着我的面，点着达丽姑妈的名字一阵数落，用词让我甚为叹服。可现在呢，听说自己给困在一片破草原中间，没得吃没得喝，结果她的反应就是这么一句：“哦，是吗？”在此之前，我实在是没有充分意识到，她受派克的毒害竟然已经如此之深。

至于派克呢，我对她的好感更是跌到低谷。

“没带更好，”她搭腔了，炳哥听了好像被刀割了一样，“午饭最好不吃。非要吃的话，也只能吃几粒麝香葡萄、香蕉和胡萝卜条。众所周知——”

接着她不厌其详地讲起胃液，完全不考虑有男士在场是否相宜。

“听见了吧，宝贝，”炳嫂说，“不吃那些不消化的食物，你才会越来越健康快乐，所以没带真是件大好事呢。”

炳哥长长久久地望着她。

“我懂了，”他说，“那，失陪一下，我要找个僻静地方缓一缓，我不想人家指指点点。”

我瞧见吉夫斯别有深意地退到一旁，于是跟了过去，心里抱着一线希望。我果然没有看错人。他带的三明治足够两个人吃了。其实三个人都够了。我吹口哨呼唤炳哥，他偷偷溜过来，于是三人在一片篱笆后面将就着补充了一下营养。之后炳哥跑去找庄家咨询第一场比赛的情况。待他走了，吉夫斯轻咳一声。

“噎着了？”我问。

“没有，少爷。谢谢少爷关心。我只是想说，希望少爷不要责怪我自作主张。”

“什么事？”

“出发前故意卸下午餐篮子，少爷。”

我浑身一颤，有如秋风中的白杨树。大吃一惊。心旌摇曳。

“是你，吉夫斯？”我觉着凯撒发现布鲁图手握利器刺中他的时候，声音就像我这样，“你是想说，是你从中作梗，我没用错词吧——”

“是，少爷，我认为这是最明智的做法。私以为，如果利透先生如早上所言饱餐一顿，鉴于利透太太目前的心理状态，如果让她看到，实在太过鲁莽。”

我明白了他的用意。

“不错，吉夫斯，”我若有所思，“我明白你的意思了。要说炳哥有什么缺点呢，那就是一见到三明治，就情不自禁地放肆起来。我以前多次和他一起野餐过，他对付普通牛舌或者火腿三明治的手法，有如兽中之王撕咬羚羊。再加上龙虾和白切鸡，我承认，这幅画面给配偶看在眼里，实在称不上赏心悦目……但是……纵然如此—无论如何……”

“少爷，我还有另一层的考虑。”

“是什么？”

“在凛冽的秋风中吹了一天，又滴水未进，利透太太或许会改变心思，对于派克小姐的饮食观不再推崇备至。”

“你是说，饥饿感啮咬之下，她听到派克念叨让胃液休假一天多么多么好，她会忍不住恶语相加？”

“正是，少爷。”

我大摇其头。虽然不忍打击他的积极性，但我不得不开口。

“快忘了吧，吉夫斯，”我说，“只怕你对异性的研究不如我彻底。对女性生物来说，不吃午饭是小事，或者根本不算事。女性对午饭的态度是出了名的轻浮随便。你错就错在把午餐和下午茶弄混了。有言道，地狱之火也比不上想吃下午茶而不得的女人。此种情况之下，就连最和善的女子也变成了炸弹，一丝火星子都能点着。但午餐可不会，吉夫斯。我以为你是知道的——像你这种聪明人。”

“少爷说得不错。”

“要是你能想个办法，让利透太太吃不到下午茶呢……还是别做白日梦了，吉夫斯。到了下午茶的时候，她已经到家了，要什么有什么。开车回去不过一个小时，而最后一场比赛4点刚过就能结束。到了5点钟，利透太太已经端坐在饭桌前，舒舒服服地享受黄油烤面包了。很遗憾，吉夫斯，你这个计划注定要失败。没希望。瞎炮一枚。”

“多谢少爷指正。少爷所言不虚。”

“不幸言中。唉，事已至此。现在只好进赛场去，找一两个庄家敲敲竹杠，解解气算了。”

唉，这漫长的一天呀。比赛我看得不大起劲。心不在焉的，大家明白这个意思吧？满腹心事。一匹匹跛马载着农夫在我面前踢踢踏踏地跑过去，我懒洋洋地半看不看。要想全情投入这种乡间集会，中午的那顿饱餐是必不可少的。除去午餐，接着如何？

倦怠。一下午，我不止一次地发觉自己在暗暗责怪吉夫斯。我觉得他这是不中用了。就连个小娃娃都看得出，他那个破烂点子不可能奏效。

我是说，想想看：对普通女性来说，中午只要随便吃两块杏仁饼、半只巧克力泡芙、一杯覆盆子醋，就算是一桌子的盛宴了。她少吃一块三明治，怎么可能会闹脾气？当然不会。真是荒谬。傻得没法形容。吉夫斯这么自作聪明地一闹，唯一的结果就是让我觉得五脏六腑被一窝狐狸噬咬，并且强烈地想回家。

夜幕降临时分，炳嫂宣布，不如今天到此为止，打道回府。我听了，着实松了口气。

“伍斯特先生，不看最后一轮比赛的话，你不是特别介意吧？”她问。

“正合我意，”我恳切地说，“最后一轮比赛对我来说无所谓，或者根本没意义。而且我现在赚1先令6便士，就该见好就收才对。”

“我和劳拉都想回去。我就想早点回去喝口茶。炳哥说他要坚持看完，所以我觉着不如你开我们的车，炳哥和吉夫斯过后开你们的车。”

“好啊。”

“你认得路吧？”

“认得。沿着主路走到水塘那里转弯，然后横穿田野。”

“之后我可以给你指路。”

我叫吉夫斯去取车，不一会儿，我们就稳稳地踏上了回家的路。秋日的下午很短暂，这会儿夜色笼罩，寒意料峭，仿佛起了雾，我的思绪尤其忍不住飘向热威士忌兑水，再加一片柠檬。我的脚稳稳地踩着油门，没用多久就跑完了五六英里的主路。

过了水塘再往东走，路面很荒凉，也不大平整，我不得不放慢速度。放眼全英国，我看就属诺福克郡的侧道最让人有走丢了的感觉。除了偶尔能碰到一两头奶牛，仿佛全世界就只剩下我们三人了。

我又忍不住想着那杯酒，越想就越神往。说来也奇怪，对于正中下怀的饮品，个人有个人的品位。这就是吉夫斯所谓的个体心理了。大概一些人会选麦芽酒，而派克呢，根据她在来的路上那一席话，她首选的提神醒脑剂是果皮泡温水，次一点的是她所谓的“果酒”。据她描述，调制方法是把葡萄干用冷水浸泡，再把一只柠檬榨汁兑进去。想必调好之后就是以狂欢之名呼朋唤友，第二天早上挖个坑把尸体埋了。

而本人呢，毫不犹豫，我的决心从未动摇过：威士忌兑水——重点在威士忌，这意思大家明白吧，H_2O可以悠着点。隔着雾蒙蒙的田野，我仿佛看见酒杯在向我微笑、向我招手，似乎在说：“加油，伯特伦！快到啦！”我精神为之一振，踩油门的脚加上了劲儿，准备让仪表盘指针窜上60。

可事与愿违。那破玩意儿在35的刻度那里摆了摆，干脆罢工了。就这么突然地、出其不意地，只听咕噜噜一声，像生病的麋鹿那样，车抛锚不动了。没人会比我更觉得莫名其妙。就这样，我们走失在诺福克郡的某处，此时夜色愈浓，冷风阵阵，夹着鸟粪和饲料甜菜腐烂的气味，直刺脊梁骨。

后座的乘客发话了。

“怎么了？出什么事了？怎么不开了？你停下来做什么？”

我开口解释。

“不是我停了，是车。”

“车怎么会停了？”

“啊！”我直言不讳，尽显男子汉本色，“这可难倒我了。”

瞧，有些人经常开车，但对其原理却一无所知，我呢，就是这种人。我奉行的原则一向是上车、发动自动起动机，剩下的就看造化了。要是出了什么毛病，我就大喊童子军。基本上，我这一套体系百试不爽，但眼下却失灵了，因为方圆数英里内都没有童子军的踪迹。我对两位女客实话实说，结果派克回了一句“啐”，差点把我脑袋掀掉。打小以来，就有一窝的女性亲属认为我差十度就是个半傻子，因此对于这个“啐”，我俨然是个行家；派克这一声呢，可列入一等兵的队伍，无论是音色还是力度上，都不逊于我阿加莎姑妈。

“我去查查哪里出了毛病吧，”她冷静了些，“我最懂车。”

她下了车，开始探视此物的内脏。我有点想说，或许是由于脂溶性维生素缺乏症导致胃液情况恶化，但最后还是决定乖乖闭嘴。以本人向来敏锐的观察力判断，她此刻没这个心情。

不过话说回来，好像的确叫我给猜中了。这位小姐很不耐烦地捣腾了一阵子引擎，然后突然有了主意。检验之下，证明她想的不错。是油箱里没油了。空空如也。换句话说，脂溶性维生素含量为零。这就是说，我们现在的任务就是纯凭意志力把这老家伙弄回家。

既然如此，无论从哪个角度看，这桩倒霉事都赖不到我头上。想到此处，我不由得有了点底气，甚至还真心诚意地叹了一句“哎、哎、哎！”

“没油了，”我说，“想想看。”

“可是炳哥早上跟我说会把油加满的。”炳嫂说。

“大概是他忘了，”派克回答，“就他那个人！”

“你这么说是什么意思？”炳嫂的声音里透出一股那什么。

“我就是说，他那个人，忘了加油不是很正常吗？”派克好像也有点激动。

“劳拉，我希望你不要动不动就批评我的先生。”炳嫂摆出了忠诚的太太模样。

“啐！”派克应道。

“也不要动不动就‘啐’！”炳嫂说。

“我想说什么就说什么。”派克回答。

“女士们，女士们！”我急忙说，“女士们，女士们，女士们！”

怪我太鲁莽。现在回想起来，我很明白。生活教给我们的第一堂课，就是在娇生惯养的小姐斗嘴的时候，身为男性，应该退到远处，蜷起身子呈球状，效法负鼠的明智战略，即一嗅到危险的气息，立刻倒地装死，甚至不惜披上黑纱，指示亲朋好友立在左右，感叹天妒英才。而我这么冲动地劝架，唯一的结果就是派克立刻将矛头对准了我，如同受伤的母豹子。

“哟！”只听她说，“伍斯特先生，你就不打算做点什么吗？”

“我能做什么呀？”

“那边有一处人家。我想你总可以过去借一些汽油吧。”

我放眼一望，果然是有一处人家。下层的窗户透着光亮，有经验的人一望便知，屋内有纳税人。

“聪明，有才！这个计划很可行，”我有心讨好她，“我先按两下喇叭，表示外面有人，然后迅速行动。”

我按了按喇叭，结果异常令人满意。窗口立刻闪出一个人影，还挥动双臂，好像很友善很好客的样子。我大受鼓舞，立刻奔到前门，重重地叩响门环。我觉着事情总算出现了转机。

第一下屋里没有反应。我提起门环，正要如法炮制，结果门环突然从手里飞出去了。门开了，后面站着一位眼镜兄，眼镜周围是一副疲惫不堪的神气。看来此君有难言之隐。

当然，他有困苦我很同情，但既然我也不是没有，我干脆开门见山。

“我说……”我开口道。

这位老兄的头发本就乱得像鸟窝，这会儿仿佛是怕这种发型不能自动保持，于是伸手捋了捋。与此同时，我刚刚发觉，他的眼镜闪着敌意。

“你想什么呢，吵得天都要塌了？”他质问。

“呃，是，”我说，“我是按了喇叭。”

“你敢再按一下——哪怕一下，”这位老兄压低了声音，好像被掐住了咽喉，“我就赤手空拳把你撕成碎片。我太太晚上出去了，我一刻不停地哄了几个小时，终于把宝宝哄睡了，结果你却跑来按该死的喇叭，吵翻了天。你什么意思，你这笨蛋？”

“呃——”

“哼，你听好了，”他开始总结，“再响一下喇叭，哪怕是有一小下、一星一点一丝一毫类似喇叭的动静——直接祈祷上帝保佑你的灵魂吧。”

“我只想讨一点汽油。”我说。

“我只有一记耳光。”他回答道。

接着，他小心翼翼地掩上门，仿佛拂去熟睡的爱神身上的小飞虫，然后就消失在我的生命中。

对败北的勇士，女性总是喜欢落井下石。我走回汽车那边，反响不大好。她们的反应好像是在暗示伯特伦的表现愧对当年东征的先祖。我尽量轻描淡写，但大家都明白情况。在一个秋风萧瑟的夜晚，汽车抛了锚，前不着村后不着店，而且午饭没吃成，眼看着下午茶也要泡汤，此情此景，仅仅有彬彬有礼的态度，并不能真正代替一罐汽油。

眼看情况越发不妙，没过多久，我就赶紧念叨着找人求助，于是沿着大路往回走。感谢老天，还没走出半英里，我就看到远处有光亮。就在这一片荒无人烟的沙漠之中，出现了一辆汽车。

我站在路中央，前所未有地大声疾呼。

“嗨！”我大喊，“我说！嗨！停一停！嗨！嘿！我说！嘿！嗨！拜托停一秒钟。”

车朝我开来，渐渐放慢了速度。只听有人发话了。

“是你吗，伯弟？”

“呀，炳哥！是你？我说炳哥，我们抛锚了。”

炳哥跳下车。

“等5分钟，吉夫斯，”他吩咐道，“然后慢慢往前开。”

“遵命，先生。”

炳哥走到我身边。

“难道咱们要走过去？”我问，“为什么？”

“对，走吧，兄弟，”炳哥回答，“踽步慢行。我得先问问清楚。伯弟，你走的那会儿情况怎么样了？升温了没有？”

“有点。”

“有没有注意到什么苗头，预示罗斯和派克两人要拌嘴、吵架、撕破脸？”

“的确是有点火药味。”

“快讲讲。”

我概述了一下事情经过，他紧张地听着。

“伯弟，”我们一边走他一边说，“你正赶上老朋友的一场生活危机。守在那辆抛锚的汽车旁，或许罗斯会看清楚一件事，一件她多年前就该看清的事：这个派克完全不宜人类消化，必须逐于幽暗、在彼有哀哭切齿矣。我虽然不敢打赌，但更加匪夷所思的事也不是没有。罗斯是世界上最可爱的姑娘，但她毕竟是个女人，一到下午茶时间，就容易暴躁。加上今天没吃午饭……听呵！”

他一把抓住我的手臂，我们停下脚步。心急如焚。抓耳挠腮。只听路对面传来说话声，才听了一耳朵我们就心知肚明，是炳嫂在和那个派克理论。

我以前从来没见识过妇人动真格的吵架，不得不说，此次一见，不由刮目相看。自我刚才离开之后，情况似乎发展到了白热化的程度。这会儿两位斗士开始回首往事、翻旧账了。炳嫂说派克之所以能进圣阿德拉曲棍球队，全是因为她对队长胁肩谄笑百般讨好，即使过了这么多年，自己一想起她那副德行就想吐。派克回敬道，自己一直觉得应该既往不咎，因此一直忍到今天都没说破：炳嫂当年赢了“圣经故事奖”全靠打小抄，把犹大列王的名字写成小纸条藏在水手衫里，可要是炳嫂以为真能瞒过自己，那就是大错特错了。

派克接着说，炳嫂要是以为自己愿意在她屋檐下多待一晚上，那也是打错了算盘。当初派克之所以决定来看她炳嫂，不过是可怜她孤独寂寞，需要思想文化的陪伴，因此一时心软，一派好意用错了地方。可现在呢，她派克改变了心意，只要上苍派人来施救，让她摆脱这辆破车，回去收拾箱子，她一定立刻卷铺盖搭下一趟列车，即便那是辆逢站必停的送奶车。不错，与其在炳嫂家再挨一晚，她派克宁愿靠双腿走回伦敦。

对此，炳嫂的反击长而有力，说的是在圣阿德拉的最后一学期，有个姓辛普森的女同学告诉她（炳嫂）说，有个姓韦德斯里的女同学告诉她（辛普森），派克假装和她（炳嫂）是好姐妹，但偷偷告诉她（韦德斯里），她（炳嫂）一吃草莓蘸奶油就满脸红点子，并且还非常恶毒地嘲笑她的鼻子。总而言之一句话，“好哇”。

接着派克搭腔，说读炳嫂上一本小说，读到女主角的小儿子染上喉头炎夭折那一段，忍不住哈哈大笑，这辈子都没笑得那么开心。听到这儿，我们觉得为了避免血溅当场，该出面整顿秩序了。吉夫斯刚好开到了，炳哥从后座上卸了一桶汽油，放在路边的隐蔽处，然后我们两人跳上车，闪亮登场。

“嗨，嗨，嗨！”炳哥兴高采烈地招呼，“伯弟说你们的车抛锚了。”

“哦，炳哥！”炳嫂深情地喊道，每个音节都爱意满满，“谢天谢地你来啦。”

“好，”派克说，“这下我兴许能回去收拾行李了。伍斯特先生或许可以让我坐他的车，让他家的男仆载我回去，我好赶6点一刻的那趟火车。”

“你要告辞了？”炳哥明知故问。

“不错。”派克回答。

“真遗憾。”炳哥说。

她上了车，坐到吉夫斯旁边，接着两人就开走了。之后我们三个人静默了一会儿。暮色沉了，看不清炳嫂的神色，但估计这会儿她正在做思想斗争，拿不准是表示对伴侣的爱意，还是由着自然本能，数落他早上忘了加满油。最终还是本性占了上风。

“小甜心，”只听她说，“你是不是有点粗心了？咱们出发的时候车里快没油了你都不知道。你答应要加满的，宝贝。”

“我加了呀，宝贝。”

“可宝贝，油箱明明是空的。”

“不可能的，宝贝。”

“劳拉说了啊。”

“那个笨女人，”炳哥说，“油多着呢。毛病可能出在差速器小齿轮和齿圈啮合不上。有时候就是这样。我三下两下就能修好。但你何苦在外面吹冷风等着呢，不如去跟那边那家人打声招呼，进去歇歇脚？没准他们会备上一杯茶呢。”

炳嫂一声呻吟。

“茶！”我听她喃喃道。

我不得不打破炳哥的美梦。

“不好意思，老兄，”我说，“你说的这种英国好客精神没戏。那屋里住着个土匪模样的家伙，特别不友好。他太太出门了，他刚把孩子哄睡，所以他的人生观特别阴暗。哪怕是在他门上轻轻敲一下，他都会置你于死地。”

“胡说，”炳哥说，“咱们走。”

他大力叩门环，屋内马上有了回应。

“要命！”这土匪一副从陷阱逃出来的模样。

“我说，”炳哥说，“我们的车坏了，我得修一下。你不反对让内人进屋暖和一会儿吧？”

“不错，”土匪回答，“我反对。”

“你可以给她看一杯茶。”

“我是可以，”土匪回答，“但我不愿意。”

“你不愿意？”

“不错。还有，行行好，别这么大声。我家那孩子有点动静就醒。”

“咱们把话说清楚，”炳哥说，“你不肯给我太太看茶？”

“是。”

“你宁可眼睁睁地叫一个女子忍饥挨饿？”

“是。”

“哼，你不会得逞的，”炳哥说，“你马上进厨房烧壶热水，切好面包准备做黄油烤面包片，否则，别怪我大喊大叫，吵醒你家孩子。”

土匪脸色煞白。

“你不会的？”

“我就会。”

“你没长心吗？”

“没。”

“就没点人情味？”

“没。”

土匪望着炳嫂。看得出，他已经折了锐气。

“你的鞋会吱吱响吗？”他低声下气地问。

“不会。”

“那进来吧。”

“多谢。”炳嫂说。

她转身望着炳哥，仿佛落难公主望着骑士一拉袖口，转身离开咽气的恶龙。那眼神中写满爱慕，近乎崇敬。说起来，正是作丈夫的所喜闻乐见的神情。

“宝贝！”她说。

“宝贝！”炳哥答。

“天使！”炳嫂说。

“我爱！”炳哥答，“来吧，伯弟，咱们过去修车。”

他一语不发地把汽油拎出来，倒进油箱，又把盖子拧好，然后长舒一口气。

“伯弟呀，”他说，“说来惭愧，认识了这么久，我居然偶尔会不信任吉夫斯。”

“亲爱的兄弟！”我大吃一惊。

“是啊，伯弟。有时候，我对他的信念会产生动摇。我兀自想：‘他是不是神勇不再，本事不复？’但我以后永远也不会了。从今往后，只有孩童般的信任。伯弟，这是他想出来的：倘若两个赶回去喝下午茶的女人突然发现到嘴边的茶飞了——打个比方——她们就要反目相向。你看到结果了。”

“可是该死，吉夫斯又不知道车会抛锚。”

“恰恰相反，他趁替你提车的时候故意把汽油排掉，剩的那一点刚够走到叫天天不应的荒郊野外。他早计划好了。告诉你，伯弟，吉夫斯独一无二。”

“绝对的。”

“天才。”

“神人。”

“奇才。”

“一条好汉，”我表示赞同，“满满的脂溶性维生素。”

“你说到了点子上，”炳哥说，“好了，咱们回去告诉罗斯，说车修好了，然后回家喝那杯麦芽酒。”

“不要麦芽酒，老兄，”我坚定地说，“要热威士忌兑水，再加一片柠檬。”

“还是你说得对，”炳哥说，“伯弟，你在这方面真是天才。就来热威士忌兑水。”

10

乔治叔叔的小阳春

去“鑫斯”随便打听一下就知道，想骗过伯特伦·伍斯特可没那么容易。我就是传说中的“山猫眼”，擅长观察演绎、推敲证据、得出结论。因此，乔治叔叔进门不到2分钟，我就顿悟了。对我这双见多识广的眸子来说，根本是一目了然。

可是这事也太荒唐了吧。不妨考虑一下事实。我是说，这么多年来，自从我上学那会儿起，我这个大腹便便的老亲戚在伦敦城里就是出了名的不堪入目。他本来就胖，并且还一日胖似一日，这样经年累月，如今各位裁缝给他量尺寸，就只当练手艺。他就是所谓的伦敦俱乐部公子之一：他们身穿紧绷绷的晨礼服、头戴灰色大礼帽，在晴好的午后信步于圣詹姆斯街头，上坡路时微微气喘。在皮卡迪利和蓓尔美尔街之间随便找间上等俱乐部，撒一只雪貂，就能惊起半打乔治叔叔。

他每日泡在“老派头”俱乐部，从午饭到晚饭，不吃饭的时候，就在吸烟室里啜着小酒，碰到谁爱听，就唠叨自己的胃黏膜。一年大概有两次，他的肝脏正式提出抗议，他只好跑去哈罗盖特或者卡尔斯巴德，平平肝火，然后杀回伦敦，照常过日子。

总而言之，谁也不会想到他也会燃起熊熊的那什么火。但各位不妨相信我，这是千真万确的事实。

这天早上，趁着我饭后一支烟的时间，这个老祸害一阵风似的刮进我家公寓。

“哦，伯弟。”他说。

“唉？”

“你最近打的那些领结，在哪买的？”

“布卢彻那家，在伯灵顿拱廊街。”

“多谢。”

他走到镜子前站定，认真打量自己。

“鼻子脏了？”我彬彬有礼地问。

问完我突然发现，他脸上挂着一个丑陋的傻笑，实话实说，我看在眼里，觉得浑身冰凉。乔治叔叔面无表情的时候已经叫人目不忍视了，一傻笑起来，简直惨不忍睹。

“哈！”他长长地叹了口气，转过身。再不转镜子都要炸裂了。

“我没那么老嘛。”他仿佛在自言自语。

“那么老？”

“准确地说，我是正当盛年。而且少不更事的年轻姑娘正需要有身份、有阅历的男人依靠。坚实的橡树，而非小树苗。”

就在这一刻，如前所说，我顿悟了。

“老天，叔叔！”我说，“你不是想娶亲吧？”

“谁不是？”他问。

“你呀。”我说。

“我是在想啊。怎么不行？”

“唉，这——”

“婚姻是值得追求的。”

“哦，可不。”

“或许会让你一心向上，伯弟。”

“谁说的？”

“我说的。结了婚，你没准能从无所事事混吃等死的浑小子变成——呃，不浑的小子。没错，你这个小混账，我就是打算结婚。要是阿加莎敢插一脚，我就——我就——我自然知道怎么办。”

他放下这句狠话就走了。我赶忙按铃叫吉夫斯。我觉得这种情况之下，得找人来谈谈心。

“吉夫斯。”我说。

“少爷？”

“我乔治叔叔，你知道吗？”

“是，少爷。我认得爵爷已有不少年头了。”

“我不是指认得，我是说，你知道他打算做什么吗？”

“步入婚姻的殿堂，少爷。”

“老天爷！他跟你说了？”

“不，少爷。说来也巧，我恰好认得爵爷的意中人。”

“哪位小姐？”

“是位年轻的姑娘，少爷。我是从和她同住的姑妈那里得知，爵爷正在考虑与她修为伉俪。”

“她是什么人？”

“她姓普拉特，少爷，闺名罗达，家住东达利齐区基奇纳路紫藤宅。”

“年纪很轻？”

“是，少爷。”

“那个老笨蛋！”

“是，少爷。当然，我自然不会冒昧地使用这一表达，但坦白说，我的确认为爵爷此举有欠考虑。不过，我们也应该知道，某一个年龄段的绅士容易产生某种情感上的冲动，这种例子屡见不鲜。或许可以称之为‘小阳春’，即返老还童般的短暂感觉。据我了解，这种现象在美国匹兹堡市的富贵人家尤为显著。听说，如果不加以限制，他们或迟或早，无一例外，都要娶一位歌舞剧女郎。至于原因，我百思不得其解，不过——”

看着他还要继续说上一阵子，我赶忙截住他的话头。

“吉夫斯，他说到阿加莎姑妈知道以后的反应，从他的态度中推测，想来这位普拉特小姐不是皇亲国戚咯？”

“不，少爷。她是爵爷俱乐部的服务员。”

“老天！无产阶级！”

“是中下层阶级，少爷。”

“哦，勉强够得上吧。不过你明白我的意思啦。”

“是，少爷。”

“奇了怪了，吉夫斯，”我若有所思，“现在这么流行娶女服务员呢。你记得吧，炳哥·利透成家前屡教不改。”

“是，少爷。”

“怪呀！”

“是，少爷。”

“总之咱们猜不透。但现在需要考虑的问题是，阿加莎姑妈会怎么下手？你知道她的，吉夫斯，她和我不一样，我思想开明，要是乔治叔叔想娶女服务员，随他去呗。我相信，等级不过是便士上的图案——”

“是‘几尼’，少爷。”

“好，几尼。不过我干脆不相信，我看总不会超过5镑价钱吧。算了，刚才说到，我坚信，等级不过是几尼上的图案，女儿当自强，不管那一套。”

“是‘甭管’，少爷。这首诗是彭斯用北方方言写的。”

“那就甭管，随你喜欢。”

“少爷，我对此没有任何偏好，只不过诗人彭斯——”

“别管诗人彭斯了。”

“是，少爷。”

“忘了诗人彭斯。”

“遵命，少爷。”

“把诗人彭斯从脑子里抹掉。”

“即刻照办，少爷。”

“咱们要考虑的不是诗人彭斯，是阿加莎姑妈。她不会善罢甘休，吉夫斯。”

“十有八九，少爷。”

“而且，更糟糕的是，她一定会拖我下水。现在只有一个办法。立刻收拾牙刷，趁还来得及，赶紧撤，不留地址。”

“遵命，少爷。”

这时门铃响了。

“哈！”我说，“有人来了。”

“是，少爷。”

“大概还是乔治叔叔。我去应门，你赶紧去收拾。”

“遵命，少爷。”

我晃进走廊，漫不经心地吹起了口哨。门垫上赫然立着阿加莎姑妈。是本尊，不是肖像画。

大事不妙。

“哦，嗨。”现在跟她说我出城去了几个星期才回来也没什么大用。

“我有话跟你说，伯弟，”家族魔咒说，“我非常不高兴。”

她直进客厅，随即滑落在椅子里。我跟在后头，黯然想到在卧室里收拾行李的吉夫斯。这行李箱是白收了。我知道阿加莎姑妈为何而来。

“乔治叔叔刚刚来过。”我做了个铺垫。

“他也去了我那儿，”阿加莎姑妈明显打了个寒战，“我还没起床他就到了，跟我说打算娶什么南诺伍德的小丫头。”

“是东达利齐，我这是内幕消息。”

“那，就是东达利齐吧。有什么区别。谁告诉你的？”

“吉夫斯。”

“那拜托你告诉我，吉夫斯又是怎么知道的？”

“姑妈，这世界上吉夫斯不知道的事儿还真是少，”我庄严宣布，“他见过那位姑娘。”

“她是什么人？”

“‘老派头’的服务员。”

我就知道此言一出她一定有反应，果不其然。我家老亲戚纵声尖叫，颇像康维尔特快驶过道岔。

“姑妈，从你的举止猜测，”我说，“你是希望阻止此事发生吧？”

“这事必须得阻止。”

“那只有一个办法。我按铃叫吉夫斯，让他出谋划策。”

阿加莎姑妈明显僵住了。活脱脱是旧时代老太君的架势。

“咱们要跟你的男仆讨论私密的家事，你没开玩笑吧？”

“当然，吉夫斯总有办法。”

“我知道你天生弱智，伯弟。”我这至亲骨肉说话的口气又降了整整3华氏度，“但我一直以为，你至少还识大体、有尊严、晓得自己的身份。”

“那，你知道诗人彭斯是怎么说的？”

她投来一个杀人的目光。

“显而易见，”她说，“唯一的办法就是拿钱把她打发了。”

“钱？”

“当然。都是你叔叔逼咱们这么做的，这也不是第一次了。”

我们各自陷入了沉思。一提到乔治叔叔年轻时候的罗曼史，家里人总是要陷入沉思。我当时年纪小，所以没掺和，不过有不少知情人常常提起具体细节，包括乔治叔叔本人，每次喝点小酒，就爱把这事从头到尾唠叨一遍，有时候甚至是两遍。她是标准餐厅的酒水间女侍；那时他还没有进爵。姑娘叫阿莫，他很爱她；家里无论如何不允许，暗地里动用了小金库，用钱把对方打发了。就是那种充满人情味的小故事，大家明白吧？

我不大看好这个开价钱的计策。

“那，当然，你大可以这么办，”我说，“不过成功的机会可不大。我是说，小说剧本里凡是这么做的人，无一例外，总是自讨没趣。每次都是女主角博得读者同情。她挺胸抬头，用清澈坚毅的目光盯住对方，让对方自惭形秽。我要是你，就静观其变，反正成不了气候。”

“我不懂你的意思。”

“那，想想乔治叔叔那副样子。相信我，绝不是嘉宝。要是依我呢，就让人家姑娘看他看个够。相信我，姑妈，我研究过人性，这世界上有哪个姑娘，见惯了乔治叔叔穿背心的模样，能不恢复理智并最终把他甩掉？况且这个丫头总是在吃饭的时候见到他，而乔治叔叔埋头饭菜的画面更是令人——”

“伯弟，我不想太麻烦你，但是请你行行好，别满嘴疯言疯语了。”

“随你喜欢。不过呢，我看你出面去跟人家谈价钱，有的你尴尬的。”

“我没打算出面。这次谈判就交给你去做。”

“我？”

“当然了。我想100镑应该足够了。不过保守起见，我会给你一张空白支票，必要的话，高一点也可以，随你把握。最重要的是，一定要帮你叔叔断了这段纠葛，代价在所不计。”

“你就这么把这事儿推给我了？”

“也是你为家里出点力的时候了。”

“等她挺胸抬头，用清澈坚毅的目光盯住我的时候，我又该如何是好？”

“别废话了。你半个小时就能赶到东达利齐区，火车很频繁。我就在这儿等你回来报告消息。”

"可，听我说！"

"伯弟，你马上给我去见那个女人。"

"可该死！"

"伯弟！"

我只好乖乖从命。

"唉，好啦，如果你非要坚持的话。"

"我坚持。"

"那，唉，这样的话，好吧。"

不知道各位有没有这种经历：跑到东达利齐区，跟某位陌生的姑娘谈判，答应给她100镑银子，条件是让她放了你家乔治叔叔。要是没有的话，那我不妨告诉大家，这可不是什么人生乐事。开车到火车站的路上，我就觉得不妙。在火车上我也觉得不妙。走上基奇纳路的时候，我还是觉得不妙。等我按响了紫藤宅门铃，一位邋遢的女仆给我开了门，领我穿过一条走廊，进了一间贴着粉红壁纸的房间时，我才觉得是大大的不妙。屋子角落摆着一架钢琴，壁炉架上放着一堆照片。除了牙医的候诊室——其实这间也颇像——就数郊区人家的客厅最叫人意志衰颓了。这类客厅里，小茶几上极有可能摆着几个鸟类标本的玻璃匣子；要说有什么能叫敏感之人产生那种心虚的感觉，那就是雷鸟之类的小东西（内脏器官一律摘除，代之以锯末子）用非难的眼神冷冷地盯着你。

这种标本匣子紫藤宅的客厅里摆了三只，保证你无论从什么视角都能看到一只。其中两个里面都是形单影只，另一个是一家三口，包括红腹灰雀先生、红腹灰雀太太和红腹灰雀小少爷，最后这位看表情明显是个小流氓，和其他几只加起来，无与伦比地打击了我的生活乐趣。

为了逃开这个小生物的怒目，我故意走到窗边，假意观察那盆叶兰。这时门开了，我闻声转过身，发现进来的人不可能是那位姑娘，那自然就是姑妈了。

“哦，哟，”我说，“早上好。”

这几个字是一个一个蹦出来的，因为我这会儿有些惊呆。我是说，这房间如此之狭小，这位女士又是如此之宽阔，我觉得有些呼吸不畅。有一种人，是不打算让人近看的，这位姑妈就是一例。身材凹凸有致，大家明白吧。我猜她当年一定是个挺标致的姑娘，虽然也是健壮型的。多年以后，等她走进我的生活的时候，她已经添了不少额外的分量。活脱脱是照片里那些80年代的歌剧演员。更别提那橘红的头发和洋红色的裙子了。

幸好她很和气，好像很欢迎伯特伦。只见她咧嘴一笑。

“您可来了！”她说。

莫名其妙。

“啊？”

“不过我觉得你现在还是别去看我侄女了。她刚睡着。”

“哦，这样的话——”

“把她叫醒怪可怜的，是吧？”

“哦，绝对。”我如释重负。

“染上流感，一整晚睡不着，白天好不容易睡着——那，叫醒怪可怜的，是吧？”

“普拉特小姐得了流感？”

“我们是这么想的，不过当然您最懂了。但咱们也不要浪费时间，既然您来了，不如帮我看看膝盖吧。”

“您的膝盖？”

我对看看膝盖这事没有意见，不过当然要看时机，还有场合。不知怎的，我觉得眼下不是时候。但她已然动起手来。

“您看这膝盖怎么样？”她掀起了七重纱。

这，咱们当然得礼貌一下。

“太好了！”我说。

“您大概不信，有时候疼得厉害呢。”

“真的？”

“那种刺痛，说来就来的。另外还有件怪事儿。”

“是什么？”我觉得松松气正好。

“我这阵子这个地方也是这么个疼法，就在脊梁骨末梢儿。”

“真的假的！”

“真的。像针扎似的，热辣辣的。我想让您瞧一瞧。”

“瞧您的脊梁骨末梢儿？”

“是啊。”

我大摇其头。我最爱找乐子，全心支持波西米亚友谊啦活跃派对气氛什么的。但是是有底线的。咱们伍斯特明白底线在哪儿。

“不行，”我严肃地说，“脊梁骨可不行。膝盖，没问题；脊梁骨，坚决不行。”我说。

她好像吃了一惊。

“哟，”她说，“您这个大夫倒是古怪。”

我反应很快，如前文所说，看出这里头一定是有什么误会。

“大夫？”

"那，您这行不叫大夫吗？"

"您以为我是大夫？"

"难道您不是？"

"不，不是大夫。"

终于搞清楚了。我们两人如梦方醒，这下子晓得哪儿是哪儿了。

我之前就猜测她好相处，这下我的观点得到了证实。我觉得从没见过哪位女士笑得这么开心的。

"哎呀，太好笑了！"她借了我的手帕擦眼睛，"有这种事！那，您既然不是大夫，那是哪位？"

"我姓伍斯特，是来见普拉特小姐的。"

"什么事？"

当然，我此刻就应该掏出支票，仗义执言。但我就是做不出。各位也知道，跟人家做拿钱换叔叔的交易，往好了说，也是难以成事，何况现在气氛不对头，那更是出师不利。

"哦，就是来看看她，知道吧？"我突然心生一计，"我叔叔听说她不舒服，知道吧？所以叫我来关照关照。"我说。

"您叔叔是？"

"亚克斯利勋爵。"

"哦！你是亚克斯利勋爵的侄子？"

"对啊。他是这儿的常客吧，啊？"

"没，我没见过他。"

"没见过？"

"没有。当然啦，罗达常常提起他，但不知道为什么，她连请他过来喝茶也没有。"

我立刻懂了，这位罗达是个明白人。假若我是这个姑娘，有了适婚对象，可家里又有姑妈这样的人物晃来晃去，我自然也会有所顾忌，拖着不请他到家里，直到礼成之时、他在虚线上签字之后。我是说，虽然她是个大好人——无疑有颗金子般的心——但时机成熟之前，还是不要抖给罗密欧为妙。

“您家里听说的时候一定相当诧异吧？”她问。

“可不是诧异。”

“不过这也不是板上钉钉的事。”

“您说真的？我还以为——”

“哦，她还在考虑。”

“我懂了。”

“当然，她受宠若惊，但有时候不禁又想，他是不是年纪太大了点。”

“我阿加莎姑妈也是同样的意思。”

“当然，爵位在那儿摆着呢。”

“是，这是自然。那您是怎么想的？”

“哦，我怎么想无关紧要。现在的女孩子呀，谁还在乎这个，是吧？”

“基本上。”

“我常常说，女孩子不知道要闹成什么样。但现实就是这样。”

“绝对的。”

看情形，这场对话大概会永远继续下去。她仿佛打算这样过一整天的样子。可惜此刻女仆进来通报，说大夫来了。

我站起身。

“那我告辞了。”

“您不用客气。”

“我还是走吧。”

“那，拜拜。”

“那我颠儿了。”辞别之后，我就迈进了清新的空气。

既然知道家里有谁在等着，我很想直接去俱乐部待上一天。但这事儿终究得面对。

“怎么样？”我一走进客厅阿加莎姑妈就问。

“哎，是也不是。”我回答。

“什么意思？她不肯收钱？”

“不完全是。”

“那她接受了？”

“那，也不完全是。”

我解释了来龙去脉。我早料到她会不大高兴，我有所料想是对的，因为她的确如我所料。随着剧情发展，她的评语愈发带劲儿，等我讲完，她大喝一声，差点震碎玻璃窗。我听着像是“狗”，可能她顾念自己古老的血统，话没说完就打住了。

“很遗憾，”我说，“可事已至此，我能怎么办？我紧张起来，士气突然打了退堂鼓。这种情况可能发生在任何人身上。”

“我这辈子从来没见过这么没脊梁骨的人。”

我忍不住打了个寒战，仿佛勇士牵动了旧伤口。

“姑妈，拜托你，”我说，“不要再提脊梁骨这个词了。往事不堪回首啊。”

这时门开了，吉夫斯走了进来。

“少爷？”

“怎么了，吉夫斯？”

“我以为少爷叫我。”

“没有啊，吉夫斯。”

“好的，少爷。”

有时候，即使是在阿加莎姑妈眼皮底下，我也会坚定立场。这会儿看见吉夫斯站在眼前，面孔上无处不在冒着智慧的光芒，我顿时觉得，就因为阿加莎姑妈心存偏见，不肯同下人讨论家事，就白白浪费眼前这个药到病除手到擒来之良才，这真是岂有此理。我打定主意，哪怕要害她再次“狗”起来，但就得这么办，而且是从一开始就应该——交给吉夫斯。

“吉夫斯，”我说，“关于乔治叔叔的事。”

“是，少爷。”

“情况你都清楚？”

“是，少爷。”

“你也明白我们的心思。”

“是，少爷。”

“那出谋划策吧。快着点。就站那儿想吧。”

我听见阿加莎姑妈隐隐发出火山即将爆发吞噬左邻右舍的动静，但我没有畏缩。我看出吉夫斯眼里火花四射，这就是说，马上有点子了。

“我想少爷是去那位姑娘府上拜会过？”

“刚回来。”

“那么想必少爷见过那位姑妈了？”

“吉夫斯，我就没见到别人。”

“那么我相信，我的这个建议定会合少爷的意。我建议少爷安排爵爷和这位太太见面。她打算侄女婚后要继续住在一起，倘若爵爷见过其人、知晓其意，大概会三思。少爷也清楚，这位太太天性善良，但绝对是普罗大众之一。”

“吉夫斯，你说得太对了！别的不说，就说那一头橘红色的头发！”

“正是，少爷。”

“更别说那件洋红色裙子。”

“一点不错，少爷。”

“我请她明天来吃午饭，好叫两人见面。你瞧，”我转身望着阿加莎姑妈，她仍然在背景处冒烟，“一下子就有了绝妙的建议。我是不是跟你说过——”

“没事了，吉夫斯。”阿加莎姑妈说。

“是，夫人。”

吉夫斯下去之后，阿加莎姑妈有点跑题，先是集中宣讲她如何看待伍斯特有辱氏族声誉，让干粗活的下人如此忘乎所以。讲了几分钟之后，她才回到主题。

“伯弟，”她说，“你明天再跑一趟，去见那个丫头，这次要按我吩咐的做。”

“该死！咱们明明有别的选择，还是条绝妙的计策，根植于个体心理——”

“够了，伯弟。我的话你都听到了。我这就走了。再见。”

她匆匆撤了，真是太不晓得伯特伦·伍斯特的为人了。门刚关上，我就大喊吉夫斯。

“吉夫斯，”我说，“我这个姑妈不肯听从你的妙计，但无论如何，我主意已定，就按你的法子。我认为这是条锦囊妙计。你能不能联系到这位太太，请她明天中午来吃午饭？”

“可以，少爷。”

“好。与此同时呢，我去给乔治叔叔打电话。咱们就背着阿加莎姑妈，最后包她满意就是了。那个诗人怎么说的来着，吉夫斯？”

“少爷指诗人彭斯？”

“不是诗人彭斯，还有一个诗人，说的是偷偷做好事的。”

“少爷是想说‘饱含善意、业已淡忘的无名小事’？”

“一语中的，吉夫斯。”

我本以为背地里做好事会让人容光焕发，但我却不敢夸口说自己满心期待这场即将到来的宴会。说到午餐伙伴，光是乔治叔叔一个就够叫人惆怅的了。他十有八九要霸占谈话，并致力于描述自己的各种病症，因为要他相信广大群众对其胃黏膜毫无兴趣，那是不可能的。再加上那位姑妈，怕是好汉子也要打怵。早上醒来的一瞬间，我清晰地预感到大难临头，并且这片乌云——大家明白我这意思吧——越发密布。等吉夫斯端来鸡尾酒的时候，我的心情简直跌到了低谷。

“吉夫斯，”我说，“我真巴不得放他们鸽子，跑去‘螽斯’。”

“可以想象，这将是一场考验，少爷。”

“你怎么会认得这些人的，吉夫斯？”

“是通过一位熟人认识的，他是梅因沃林-史密斯上校贴身的绅士的绅士，他曾和那位姑娘有个默契，也曾请我陪他去紫藤宅拜访。”

“订婚了？”

“并没有到订婚的程度，少爷，只是有个默契。”

“为什么吵翻了？”

“他们并没有吵翻，少爷。爵爷开始有所表示之后，那位姑娘自然受宠若惊，有些犹豫不决，不知该选择真爱还是机遇。不过直到现在两个人的关系也没有完全断绝。”

“那么，要是你的计划奏效，把乔治叔叔挤出局，那就算是帮了你那个朋友一个忙咯？”

“是，少爷。这正是斯梅瑟斯特——他姓斯梅瑟斯特——求之不得的结局。”

“这话说得漂亮，吉夫斯。你自己想出来的？”

“不，少爷，是埃文河的天鹅，少爷。”

一只看不见的手按响了门铃，我暗暗给自己打气，肩负起主人的职责。午宴开始了。

“少爷，威尔伯福斯太太到。”吉夫斯通报。

“待会儿有你站在身后来一句‘太太，赏脸来一只土豆吧？’，我怎么可能憋住不笑啊。”这位姑妈一边说笑一边款步进门，看着比往常还要壮观，还要粉红，还要自来熟，“我认得他，知道吧，”她拿大拇指比画吉夫斯，“他去家里喝过茶。”

“他跟我说了。”

她环顾了一下客厅。

“您这儿真是好地方，”她说，“不过我喜欢粉红色，看了开心。那是什么？鸡尾酒？”

“马提尼加苦艾。”我说着开始斟酒。

她娇滴滴地尖叫一声。

“可别让我喝那个东西！您可知道我碰了会怎么样？痛不欲生啊。那东西伤害胃黏膜！”

“哦，我真不知道。”

“我可知道。要是您像我一样，做了那么久的酒水间女侍，也会知道的。”

“哦，呃——您当过酒水间女侍？”

“好多年呢，那时候我年轻得多。在标准餐厅。”

调酒器在我手中滑落。

“瞧！”她指明故事的教训，“这就是喝那东西喝的，手抖。我当时老对他们说‘还是波尔图好，波尔图健康，我自己也爱喝两盅。但这些乱七八糟的美国货呀，可不好’。可没一个人肯听我的。”

我警惕地打量她。当然了，当年标准餐厅酒水间女侍兴许成千上万，但我还是不由自主吓了一跳。乔治叔叔那段不登对的浪漫史已是陈年旧事——而且是在他进爵老早之前——但每次一听到谁提起“标准”，伍氏一族就忍不住打颤。

“呃——那您在‘标准’那会儿，”我试探地问，“认不认得谁和我同姓的？”

“我忘了您贵姓了。我老是不记名字。”

“伍斯特。”

“伍斯特！昨天我以为你说的是‘福斯特’呢。伍斯特！我认不认得谁姓伍斯特的？哎。乔治·伍斯特呀，我跟他——我当时管他叫‘八戒’——都打算去登记了，结果他家里听说了，硬是不肯，还给了我一大笔钱，让我离开他。我那时候年少无知呀，任他们摆布。我常常琢磨他后来怎么样了。他是您家亲戚？”

“失陪一会儿，”我说，“我有事儿找吉夫斯。”

我奔进备膳室。

“吉夫斯！”

“少爷？”

“你猜怎么了？”

“猜不到，少爷。”

“这位太太——”

“少爷？”

“就是乔治叔叔的酒水间女侍！”

“少爷？”

“咳，天杀的，你肯定听说过乔治叔叔的酒水间女侍嘛。咱家的历史哪有你不清楚的。就是他多年前想娶的那位。”

“啊，是，少爷。”

“他这辈子就爱过这一个人，他跟我唠叨过一万次了。每次喝到第四杯威士忌苏打，他说起那个姑娘还是眼泪汪汪的。真倒霉！这下往事又要在他心底回荡了。我感觉得到，吉夫斯。他们简直是绝配。她一进门，一开口，说的就是胃黏膜。这其中的深意，你明白吧？胃黏膜可是乔治叔叔最钟爱的话题。这就意味着，他们俩是志趣相投啊。这位太太和他绝对是——”

“渊渊相应，少爷？”

“一点不错。”

“令人烦恼，少爷。”

“如何是好？”

“恕我暂无头绪，少爷。”

“要我说，立刻给他打电话，说午饭改期。”

“只怕行不通，少爷。我想门铃声意味着爵爷到了。”

果不其然。吉夫斯给乔治叔叔开了门，我跟在他身后，缓缓穿过走廊，走进客厅。他一进门，两人先是惊得说不出话来，接着又一起吃惊地嚷起来，如同失散多年的老朋友。

“八戒！”

“阿莫！”

“哟，怎么可能！”

“哟，真要命！”

“是你呀！”

“啊，老天保佑！”

“亚克斯利勋爵就是你！”

“咱们分开没多久我就进了爵。”

“谁能想到！”

“真真是意想不到！”

我立在旁边做稍息状，时而换左脚，时而换右脚。瞧他们对我不管不顾的样子，仿佛我是已故的伯特伦·伍斯特，肉身已不复存在。

“阿莫呀，你和当年一模一样，天呀！”

“你也是，八戒。”

“这些年来，你过得还好吧？”

“还过得去。只是我的胃黏膜不大理想。”

“天哪！你也是？我的胃黏膜也有毛病。”

“就是饭后胀胀的感觉。”

“我也是饭后胀胀的感觉。你吃了什么药没有？”

“一直在用珀金斯健胃素呢。”

“傻丫头，那个没有用！我吃了多少年，一点也不见效。要说当真管用呢，那得说——”

我悄默声地走了。临走时，我看到乔治叔叔跟她并肩坐在长沙发上，说得正欢。

“吉夫斯。”我晃悠进备膳室。

“少爷？”

“午饭备两个人的就行，别算我了。万一他们发现我不在，就说我接了一通电话，有急事。伯特伦无计可施了，吉夫斯。有事到‘螽斯’找我。”

“遵命，少爷。”

临近傍晚，我正心不在焉地打桌球，侍应过来说，阿加莎姑妈打电话找我。

“伯弟！”

“喂？”

听她的语气，完全是诸事顺利的样子，就是鸟儿啁啾的动静，我不禁暗自诧异。

“伯弟，你那张支票还在吧？”

“在。”

“撕了吧。不需要了。”

“呃？”

“我说不需要了。你叔叔刚刚打电话给我，说跟那个丫头吹了。”

“吹了？”

“不错。看起来，他三思之后终于醒悟两人完全不登对。不过奇怪得很，他的确是要结婚了！”

“是吗？”

“是啊，对象是他的一位老朋友，威尔伯福斯太太。据我理解，这位年龄很般配。只是不知道是哪个威尔伯福斯呢。这个家族有两个主要分支，要么是艾塞克斯郡的，要么是坎伯兰郡的。我记得什罗普郡也有一个支系。”

“东达利齐也有。”

“你说什么？”

“没什么，”我赶忙说，“没什么。”

我挂上电话，返回公寓，有点意志消沉。

“怎么样，吉夫斯，”我的目光透出责备之色，“看来一切顺利？”

“是，少爷。爵爷在甜品和芝士之间正式宣布订婚。”

“他宣布了，啊？”

“是，少爷。”

我严厉地盯着他。

“吉夫斯，看来你还没有意识到，”我冷冷地、平静地说，“经过这场午宴，你这只股大大贬值了。我过去习惯把你当成无可匹敌的参谋，可以说，我对你一向言听计从。可你看看，你这次出的是什么事儿呀。这都是你那个什么策略的直接后果，还说什么根植于个体心理。我还以为，既然你见过她——或者说是一起吃过茶聊过天——你就该猜到，她就是乔治叔叔的酒水间女侍。”

“我的确猜到了，少爷。”

“什么？”

“我的确是知情人，少爷。”

“那你总该知道安排他们一起午餐的后果。”

“是，少爷。”

“哼，天杀的！”

“少爷容我解释。斯梅瑟斯特那个年轻人深爱着普拉特小姐，而他又和我是至交。不久之前，他曾向我吐露心声，寄望我能出手相助，让普拉特小姐最终顺从本心，不要贪图爵爷夫人身份带来的富贵荣华。如今两人之间已无障碍。”

“我懂了，是‘饱含善意、业已淡忘的无名小事’，啊？”

“少爷一语中的。”

“那乔治叔叔呢？他可被你坑苦了。”

“不，少爷，恕我斗胆，不能同意这种看法。我认为，威尔伯福斯太太正是爵爷的理想伴侣。若说爵爷的生活习惯有什么不足之处，那就是他有些贪恋口腹之欲——”

“你是说他像头猪？”

“少爷，我自然不敢出此大不敬之言，不过少爷的形容的确恰如其分。此外，爵爷也喜欢贪杯，超过了医家提倡的范围。家世显赫又没有俗务缠身的单身老爷们很容易养成这种恶习，少爷。而未来的亚克斯利勋爵夫人会加以制止。事实上，我上鱼羹的时候，偶然听到夫人亲口这样说。她当时讲到，两人当年两情相悦之时，爵爷脸上并不似如今虚肿，并指出爵爷需要有人照料。我想少爷最终会发现，两人的结合是皆大欢喜。”

这么说也貌似——什么词来着？——毋庸置疑。但我还是摇起了脑瓜。

“可吉夫斯！”

“少爷？”

“你不久前也说过，她毕竟是普罗大众之一。”

他的目光好像有点苛责。

“本本分分的中下层阶级，少爷。“

“哦。”

“少爷？”

“我说‘哦’！吉夫斯。”

“还有，少爷记得，诗人丁尼生说过，‘仁心更胜冠冕’。”

“这话咱俩谁去跟阿加莎姑妈说？”

“少爷，我斗胆提议，暂时搁置与斯宾塞·格雷格森夫人的任何通信往来。我已经替少爷打好行李，把车从车库提出来，不过几分钟——”

“就能奔到天际，做潇洒的男子汉？”

“所言极是，少爷。”

“吉夫斯，”我说，“对你最近的行动，我这会儿都未必完全赞同。你自以为给各个方向播撒了光明和甜蜜，我可没这么肯定。但是，你刚刚这个意见提得好。我仔细审视过，毫无纰漏，绝对有品质保证。我这就去取车。”

“好的，少爷。”

“记得莎士比亚说什么了吗，吉夫斯？”

“是什么，少爷？”

“被熊追，匆忙下。是他某个剧本里写的，我记得念书那会儿我还动笔在边儿配了个图呢。”

11

大皮的考验

“哟哦，吉夫斯！”我走进屋里，只见他没在齐膝深的行李箱、衬衫、冬季行头之间，如同岩石间的海怪，“打包行李呢？”

“是，少爷。”这个老好人本本分分地答道。我们俩之间并没有秘密。

“继续！”我赞许地说，“打吧，吉夫斯，小心打，当面打！”然后好像还加了一句“沙啦啦”，因为我心情正灿烂。

每年从11月中旬开始，英国上下一流别墅的主人无不寝食难安忧思重重，不知道今年圣诞季谁不幸要迎接伯特伦·伍斯特大驾。可能是甲，也没准是乙。如达丽姑妈所言，噩运临到谁头上真没个准儿。

不过今年我可老早就有了打算。不出11月10日，一打气派的园子里纷纷传出悠然的叹气，因为今年的倒霉鬼已出炉，那就是雷金纳德·威瑟斯彭爵士，汉普郡上布利奇庄园的准男爵。

之所以决定把机会让给威瑟斯彭，是出于几个方面的考虑。说起来他娶了达丽姑妈的夫君的妹妹凯瑟琳，因此算是我姑父，不过这并不是原因之一。首先，准男爵招待客人绝不含糊，好酒好菜，无可挑剔。其次，他家马厩里总有耐骑的良驹，这也是优势之一。第三，我最讨厌被拉去当业余圣诞歌队，顶着大雨在田间踩着泥巴，高唱《大喜佳音报牧人》；而在他家绝无这个危险。对了，唱任何圣诞颂歌都不行！

这几点都是我考虑的原因，不过布利奇庄园之所以如磁铁一般吸引我，真正的原因是我得知大皮·格罗索普会露面。

我相信之前就跟大家讲过这个黑心肠的坏蛋。不过为了公正起见，我还是再略提一提。大家或许记得，就是他，罔顾我们一辈子的交情和期间白吃我的那些面包黄油，有天晚上在“螽斯”和我打赌，说我不能抓着绳子和吊环荡过泳池，结果万万想不到，这个背信弃义的小人竟然把最末的那只吊环缠到柱子后面去了，害得我跌进深渊，从而糟蹋了全伦敦数一数二的三件套。打那以后，我就下定决心要还之以颜色，这已成了我生命中的主要动力。

“吉夫斯，你该知道，”我说，“格罗索普先生也会到布利奇？”

“是，少爷。”

“所以你没忘了带上‘喷水花’吧？”

“没有，少爷。”

“还有‘夜光兔’？”

“没有，少爷。”

“好！我就指望这个‘夜光兔’了，吉夫斯。我打听过，人人赞不绝口。到时候拧上发条，趁巡夜的时候撒到别人卧室里，这玩意儿放着幽光，满地乱蹦，还怪里怪气地吱吱叫。我相信，总体效果准能把大皮吓得从此江河日下。”

“十有八九，少爷。”

“万一此计不成，那咱们还有‘喷水花’。咱们必须千方百计，务必给他个教训，”我说，“事关伍斯特的名誉。”

我本来还想继续发挥一番，可惜门铃突然铃铃响了。

“我去应门吧，”我说，“估计是达丽姑妈。她打过电话，说上午要过来。”

估计错误。不是达丽姑妈，而是报童送电报来了。我打开扫了一遍，然后走回卧室，有点愁眉深锁。

“吉夫斯，”我说，“来了一封莫名其妙的通信。是格罗索普先生。”

“果然，少爷？”

“我念给你听。是从上布利奇拍的，内容如下：

明天过来替我捎上橄榄球鞋，并且尽可能带一只爱尔兰水猎犬。十万火急。祝好。大皮

“你怎么看，吉夫斯？”

“据我的理解，少爷，格罗索普先生希望少爷明天过去的时候替他捎上橄榄球鞋，并且尽可能带一只爱尔兰水猎犬。他表示事情十万火急，并祝少爷好。”

“是，我读也是这个意思。可他干吗要橄榄球鞋？”

“或许格罗索普先生是想踢橄榄球，少爷。”

我想了一想。

“是了，”我说，“可能这就是答案。但明明在乡间别墅安

安静静待着，怎么会突然生出踢橄榄球的欲望来？”

“不得而知，少爷。”

“而且爱尔兰水猎犬是怎么回事？”

“只怕我还是毫无头绪，少爷。”

“爱尔兰水猎犬究竟是什么？”

“原产爱尔兰的一种水猎犬，少爷。”

“你觉得？”

“是，少爷。”

“那，估计你说得不错。但我干吗要劳心劳力地跑来跑去收集各国犬类——给大皮？他以为我是圣诞老人吗？他还好意思以为经历了‘螽斯’俱乐部事件，我对他还抱着仁心善意？爱尔兰水猎犬，真是！啐！”

“少爷？”

“啐，吉夫斯。”

“遵命，少爷。”

这时门铃再次响起。

“一大早上就忙成这样，吉夫斯。”

“是，少爷。”

“行，我去开。”

这回是达丽姑妈了。她大步跨进门，一看就是有心事，其实她站在门垫上就开口了。

“伯弟，”她声如洪钟，能震碎窗玻璃、掀翻花瓶，“我来是为了格罗索普那个小混账。”

“姑妈你放心，”我安慰道，“一切都在我掌握之中，说话这会儿就在打包‘喷水花’和‘夜光兔’呢。”

“我不懂你在胡说些什么，而且我相信你自己也不懂，”我这老姑妈有点暴躁，“请你发发善心别胡扯了，我这就跟你说。我刚收到凯瑟琳写来的信，情况十分不妙，说的就是那个吃里爬外的东西。当然了，我还瞒着安吉拉，不然她要气得蹿到房顶上去了。”

安吉拉是达丽姑妈家的千金，普遍认为她跟大皮是小两口，虽然还不到登《早报》的程度。

“为什么？”我不明所以。

“什么为什么？”

“为什么安吉拉要气得蹿到房顶上去？”

“哼，换成是你，你会不会？想想看：你和某个披着人皮的魔鬼明摆着是小两口，可是突然听说他跑到乡下去和驯犬妹打情骂俏。”

“和谁打情骂俏？”

“驯犬妹。就是那种成天抛头露面的摩登女，脚蹬厚底靴，身穿订制的粗花呢，在乡下地方跑来跑去，走到哪儿都跟着一群各品种的狗。我年轻那会儿就这样，因此我明白其中的危险。这一位是达尔格利什上校家的小姐，家就住在布利奇附近。”

我眼前一亮。

“这么一说，我明白大皮那封电报的意思了。他刚刚拍电报给我，叫我带一只爱尔兰水猎犬过去，肯定是给那位小姐做圣诞礼物。”

“八成是。凯瑟琳说，他简直着魔了，整天跟在人家屁股后，像她养的狗似的，温驯得像猫，说起话来像绵羊。”

“还真是私家动物园啊。”

“伯弟，”达丽姑妈说——看得出，她慷慨的性子受了不小的考验，“你再跟我耍嘴皮子，别怪我这做姑妈的不念情分，赏你一巴掌。”

我赶紧安抚她，尽量息事宁人。

“不用担心，”我说，“估计不是大事，准保是夸大其词。”

“你以为，啊？哼，你也知道他的为人。上次他跑去追那个歌女，给咱们添了多少麻烦。”

我回顾了一下事情经过，大家不妨去翻翻档案。该名女子叫科拉·贝林杰，是学歌剧的，大皮相当欣赏人家。所幸后来在大牛·宾厄姆在东伯孟塞举办的纯洁又活泼的娱乐表演中，她冲着大皮右眼一记老拳，爱就这样熄灭了。

“还有，”达丽姑妈说，“有一件事我还没告诉你。他去布利奇之前刚和安吉拉吵了一架。”

“真的？”

“是啊，今天早上我才从安吉拉那儿套出来的。她眼睛都要哭瞎了，可怜的宝贝。说是因为她新买的帽子。她说得断断续续，大概是小格罗索普批评她戴上帽子像只狮子狗，安吉拉就说再也不想见到他，无论这辈子还是下辈子。小格罗索普听了，撂下一句‘那敢情好’，夺门而出。我明白这是怎么个情况。这个驯犬妹是乘虚而入，除非咱们迅速行动，不然之后的事就不好说了。所以，一五一十地讲给吉夫斯，你们一到那儿，就叫他即刻行动。”

我这亲戚总是以为这种情况非吉夫斯不可，叫我很有点不服气。所以我回答的时候，口气忍不住有点犀利。

“不需要吉夫斯帮忙，”我说，“我自己就能摆平。我已经想好了计策，保准能叫大皮没心思去跟人家姑娘献殷勤。我打算一有机会就把‘夜光兔’撒到他屋里。‘夜光兔’会在夜里发光，满地乱蹦，还会怪里怪气地吱吱叫。大皮肯定会觉得这是良心的谴责，据我估算，只消一次就能吓得他去疗养院住上个把星期。出院的时候，他准把那个臭丫头忘了个一干二净。”

“伯弟，”达丽姑妈好似不动声色，“你这个无药可救的笨坯。听我说。我向来宠你，而且在精神病委员会有人，所以你这么多年才没被关进软壁病室。这件事要是搞砸了，我不会再护着你了。你难道还不明白，这次事关重大，容不得你瞎搅和？这可是安吉拉的终身幸福啊。就照我说的办，交给吉夫斯处理。”

“全听你的，姑妈。”我硬邦邦地说。

“那好，现在就做。”

我踱进卧室。

“吉夫斯，”我满腹抑郁，也懒得隐藏，“不必收‘夜光兔’了。”

“遵命，少爷。”

“‘喷水花’也不必了。”

“遵命，少爷。”

“经过破坏性的批评，我的热情都蒸发了。哦，对了，吉夫斯。”

“少爷？”

“特拉弗斯夫人希望你一到布利奇庄园就着手拆散格罗索普先生和驯狗妹。”

“遵命，少爷。我会尽心办事，但求各位满意。”

第二天下午我才明白过来，此事危机四伏，达丽姑妈并不是夸大其词。我和吉夫斯开着两座车赶往布利奇，进了村子，开到距离庄园一半的路上，眼前突然呈现出一片狗的海洋，狗群中间赫然就是大皮在对一位姑娘大献殷勤。对方是那种高大健壮的姑娘。只见大皮朝她半弓着身子，像个虔诚的教徒，而且离得老远也看得出，他两只耳朵烧得通红。总而言之，他就是一副努力套近乎的德行。我开近了一点，注意到那姑娘身穿订制的粗花呢，脚蹬一双厚底靴，这下心中再无疑惑。

“看到了，吉夫斯？”我压低了声音，表明事情重大。

“是，少爷。”

“那姑娘，啊？”

“是，少爷。”

我亲切地按了按喇叭，还吼了两句真假嗓。两个人回过头——我觉着大皮不大高兴的样子。

“哦，嗨，伯弟呀。”他说。

“嗨。”我回应。

“我朋友，伯弟·伍斯特。”大皮对那个姑娘介绍道。他看起来很愧疚似的，就好像——巴不得把我藏起来。

“嗨。”那姑娘打招呼。

“嗨。”我回应。

“嗨，吉夫斯。”大皮说。

“午安，先生。”吉夫斯回答。

接下来是一阵拘谨的沉默。

“那，再见吧，伯弟，”大皮说，“你肯定想早点过去吧。”

咱们伍斯特懂得看人眼色。

“回见。”我说。

“哦，是。”大皮说。

我开动引擎，扬长而去。

“不妙啊，吉夫斯，”我说，“你注意到没有，咱们的目标好像一只青蛙标本？”

“是，少爷。”

“而且半点没有要咱们停下来叙话的意思？”

“的确，少爷。”

“我想达丽姑妈说得有理。情况很严重。”

“是，少爷。”

“那，开足脑力，吉夫斯。”

“遵命，少爷。”

一直到晚上换衣服吃晚餐的时候我才见到大皮。我正打领结，他溜了进来。

“嗨！”我说。

“嗨！”大皮说。

“那姑娘是谁呀？”我装作随口一问，鬼鬼祟祟地——我是说漫不经心地。

“是达尔格利什小姐。”大皮说。我注意到他脸红了。

“也在这儿做客？”

“不是，她家就是门前的那间宅子。我的橄榄球鞋你带来了吧？”

“带了，吉夫斯收着呢。”

“那水猎犬呢？”

“抱歉，没有水猎犬。”

“真讨厌。她一心一意要爱尔兰水猎犬。”

“那关你什么事？”

“我想送给她。”

“为什么？”

大皮突然一脸倨傲，面孔一板，目露苛责。

“达尔格利什上校夫妇，”他说，“自我来了以后，待我十分客气。他们请我过去做客，因此我自然希望投桃报李。我可不希望被看作那种没教养的现代年轻人，就是报纸上常登载的那些，想方设法把一切都收入囊中，却从不知回报。要是人家请你去吃午餐、吃下午茶什么的，你就该送点小礼物意思意思，这叫礼数。”

“那，你把球鞋当礼物呗。对了，你干吗要那双破玩意儿？”

“我星期四要参加比赛。”

“在这儿？”

“对，上布利奇对霍克利－梅斯顿。听说是场年度大赛。”

“你怎么给卷进去了？”

“前两天我顺口说，在伦敦，我周六常跟圣奥古斯丁的老校友踢球，达尔格利什小姐听了很认真地说，希望我能助村子一臂之力。”

“哪个村子？”

“当然是上布利奇咯。”

“啊，所以你要加入霍克利队？”

“伯弟，你也不用讽刺我，你大概不知道吧，我在橄榄球场上可是炙手可热的人物。哦，吉夫斯。”

“先生？”吉夫斯从中间偏右侧登场了。

“伍斯特先生说我那双球鞋你收着了。”

“是，先生，已经送到先生房里了。”

“谢啦，吉夫斯。你想不想赚点小钱？”

“自然，先生。”

“那下周四上布利奇对霍克利－梅斯顿的年度大赛中，记得押几镑给上布利奇。”大皮说着，挺胸凸肚地退场了。

“格罗索普先生下周四要踢比赛。”我看着门关上了，赶忙跟吉夫斯解释。

“我在仆役休息室已有所耳闻，少爷。”

“哦？那大家伙儿是怎么看的？”

“据我观察，少爷，仆役休息室普遍认为格罗索普先生此举有欠考虑。”

“理由呢？”

“雷金纳德爵士的管家马尔雷迪先生告诉我，这场比赛和普通的橄榄球赛有所不同。两个村子不睦达多年之久，因此较量起来，规则较为宽泛、简单原始，并非是友谊第一、比赛第二的常规赛。据了解，双方运动员的首要目标是暴力伤人，并非进球得分。”

“老天爷，吉夫斯！”

“情况的确如此，少爷。想来这种比赛一定能吸引古历史学者。最早可追溯到亨利八世统治时期，当时比赛从正午开始，一直持续到日落时分，赛场扩展至方圆数平方英里。当时造成七人丧生。”

“七人丧生！”

“而且还不包括两名观众，少爷。所幸，近年来伤情大大减轻，仅限于断手断脚等轻微的情况。仆役休息室一致认为，格罗索普先生最好及时抽身，才是万全之策。”

我吓得花容失色。我是说，虽然我的人生目标就是要大皮为“鑫斯”一事付出代价，但我对他多年的情谊和敬意却还是余情未了——是这个词吗？即便他对我犯下的滔天恶行令我深恶痛绝，但我却不希望眼睁睁地看他毫无防备地踏上竞技场，被疯狂的村民咬个稀巴烂。被“夜光兔”吓个半死的大皮——好事。天大的喜讯。可以说是圆满收场。但扯成六瓣躺在担架上被抬下场的大皮——不好。根本是另一码事。完全不对头。一刻也不能考虑。

显而易见，得有好心人趁还来得及跑去通风报信。我于是直奔大皮的卧室。只见他正把玩着球鞋，脸上是梦幻般的表情。

我把情况一五一十解释给他。

“因此，如今最好的办法——对了，仆役休息室也是这个意思，”我说，“就是在比赛前一晚假装扭了脚腕。”

他用奇怪的眼光看着我。

“你的意思是，达尔格利什小姐这么看重我、信任我，以少女的一腔热忱一心一意盼着我帮本村夺冠，我却要临阵脱逃让她失望？”

他理解力这么强，我备感欣慰。

“就是这个意思。”我说。

“咄！”大皮说——这种表达我一辈子只听过这一回。

“‘咄’，什么意思？”我问。

“伯弟，”大皮说，“听了你这番话，我反而更加跃跃欲试了。比赛越激烈，越合我意。我欢迎对手的这种拼搏精神。惨烈点儿才好呢，正好有机会让我拼尽全力大显身手。你可知道，”大皮说着，脸红到了脖子根，“伊人会在旁观战？你可知道我作何感想？我觉得仿佛化身旧日的骑士，在小姐的目光下提枪上马。要是换成兰斯洛特、加拉哈特，眼看下周四就要比武了，就因为对手太强，故意跑去扭伤脚腕，你觉着这可能吗？”

“可别忘了亨利八世统治时期——”

“别管什么亨利八世统治时期了。我唯一关心的就是今年轮到上布利奇穿彩色队服，这样我就有机会穿圣奥古斯丁的运动衫啦。伯弟我跟你说，是淡蓝底子配橙色宽道道的。想想我的风姿。”

“疯姿？”

“伯弟呀，”大皮彻底陷入了癫狂状态，“不妨告诉你吧，我终于恋爱了。这回可是动真格的。我找到了真爱。我这辈子梦寐以求的对象，就是一位热爱自然的可爱的姑娘，眼中盛满英国乡间的荣光。我找到了！伯弟，她和那些娇生惯养忸怩作态的伦敦小姐们多么不一样呵！那些大小姐会大冬天的站在泥地里看橄榄球比赛吗？她们知道阿尔萨斯牧羊犬害病时的急救措施吗？她们跋涉10英里庄稼地还会清新如露吗？不可能！”

“那，这些都有什么用吗？”

“伯弟，我把身家性命都押在下周四的比赛了。目前呢，我感觉到，伊人以为我是病秧子一个，因为前两天下午我脚上磨了水泡，从霍克利回来搭了公交车。可等她看到我在赛场上和乡巴佬对手厮杀的神勇，准会收回成见吧？准会大开眼界吧？啊？”

“啊？”

“我说‘啊’。”

“我也是。”

“我的意思是‘会吧’？”

“哦，可不。”

这时开饭的锣声响了，可我还没准备好呢。

接下来的几天，我多方打探，深信布利奇庄园仆役休息室并非信口开河：大皮这个土生土长的城里人，最好还是不要掺和当地的争端，也要避开用来解决争端的橄榄球场。这番劝谏是经过深思熟虑的，并且是字字珠玑。据说两个村子间的气氛的确是剑拔弩张。

这种偏远的村子是怎么个状况，各位不是不知道。日子的节奏比较慢。漫长的冬夜无甚消遣，只好听听广播，想想邻居的欠扁。不知不觉地，你就想到了贾尔斯老农在你卖猪的时候坑了你一笔，而贾尔斯老农则记起七旬斋[1]前第二个星期天，是你儿子欧内斯特冲自家的马扔了半块砖。就这么一来二去。至于这段世仇由何而起，我不得而知，反正到了“和平归其所悦之人”的时刻，已呈燎原之势。上布利奇茶余饭后只有一个话题：星期四的比赛；而村中百姓的期待之情似乎只有一个词可以形容：饿虎扑食。霍克利－梅斯顿的状况也毫无二致。

我心里没底，不知道霍克利－梅斯顿厉害到什么程度，于是星期三特地跑过去考察情况。结果叫人毛骨悚然：两个汉子中就

1　为期17天的七旬主日（Septuagesima Sunday）是四旬斋前的第三个星期日，在许多国家标志着传统狂欢季节的开始。

有一个像是村头铁匠的大哥。人家粗壮的手臂肌肉嶙峋，一如铁箍；我隐姓埋名去“绿猪”酒馆点了杯啤酒，听到大家都在谈论即将到来的体育竞赛，那阵势，凡是有兄弟要投身于该场角斗的，定然会吓得浑身冰凉：听起来就像匈奴王阿提拉和几个手下商议下一场进攻。

我回到家里，主意已定。

“吉夫斯，”我说，“你既然是负责替我晾干熨平三件套的，就清楚我在大皮·格罗索普手里遭了多少罪。按理说，这次老天开眼降怒与他，我应当高兴才是。但我却认为，老天下手有点太狠了。老天理解的报应和我认为的有点出入。就算我再怎么怒火中烧，也没想把这可怜的家伙给灭了。此刻看来，霍克利-梅斯顿觉得机会难得，得给村里包办丧事的送一份圣诞大礼。今天下午，‘绿猪’里就有个红发老兄，看口气像包办丧事那家的合伙人。咱们必须立即行动，吉夫斯。必须有力出力；大皮想死，但咱们得救救他。”

“不知道少爷有什么想法？”

“我这就告诉你。理智呼唤他退出比赛，大皮不听，是因为有位姑娘会在旁观战，这只傻鸟幻想着要大放异彩，给人家留个好印象。所以呢，咱们得要点手段。吉夫斯，你今天就动身回伦敦，明天早上以安吉拉的名字拍封电报，内容如下。你记一下。准备好了？”

“是，少爷。”

“‘真对不起——’”我顿了一顿，“吉夫斯，你说一个姑娘因为准未婚夫批评她戴上新买的帽子像只狮子狗，所以大吵了一架，她有心和好，会怎么措辞？”

“‘真对不起，我对你发脾气’，我想这样就很妥当，少爷。”

“这就够了？”

“或许可以加上一句‘宝贝’，应该就足够以假乱真，少爷。”

“好。那继续写。‘真对不起，我对你发脾气，宝贝……’不对，打住，吉夫斯。这句划掉。咱们想偏了。有货真价实的好料，差点让咱们白白错过。署名得是‘特拉弗斯’，不是‘安吉拉’。”

“遵命，少爷。”

“不，该写‘达丽·特拉弗斯’。电文这么写：盼即刻赶来。”

“少爷，‘速归’二字更加经济省事，语气也更为迫切。”

“不错。那写吧。‘盼速归。安吉拉可不好了’。”

“不如写‘重病’，少爷。”

“也好。‘重病’。‘安吉拉重病，不断呼唤你，说帽子的事还是你对’。”

“少爷，我或许可以提个建议？”

“好啊，说吧。”

“我想不如这样写合适。‘盼速归。安吉拉重病。高烧不退，神志不清。哀声呼唤你，还喃喃说什么帽子，还说你是对的。盼尽快赶火车回来。达丽·特拉弗斯’。”

“听着没问题。”

“是，少爷。”

“你觉着‘哀声’好？‘不住’好不好？”

“不，少爷，‘哀声’才是mot juste。[1]”

“那好，反正你最懂。那，算准时间，要两点半拍到。”

“是，少爷。”

“两点半哪，吉夫斯，你看出我有多么老奸巨猾没有？”

“没有，少爷。”

“我来告诉你吧。要是电报到得早呢，比赛还没开始大皮就能收到。但是两点半到呢，他已经上场了。我就趁暂停的时候把东西交给他。此时他对上布利奇对霍克利－梅斯顿球赛已经有所了解，这时候给他才恰到好处。和我昨天见过的那些流氓交过手，我看没人不想找机会开溜。懂了没有？”

“是，少爷。”

“有你的，吉夫斯。”

“是，少爷。”

吉夫斯就是靠得住，我说两点半，还真就是两点半。电报简直是掐着点儿到的。我接了电报，回房去换件暖和点的衣服。套上厚重的粗花呢，我就开着车赶往赛场。赶到的时候，两队已经一字排开，半分钟后，随着一声哨响，战争打响了。

出于种种的原因——例如我念的那个学校从来不玩儿这个——我无法号称能领会英式橄榄球的各种乐趣，这么说大家明白吧。当然了，总体规则我大致是懂的。比如说，主要目标就是把球传到场地另一头线外，而为了阻止对手成功，双方都允许一定程度的暴力伤人；要是在其他地点，同样的做法定然会被处以

1 [法]意为恰当的字眼。

14天监禁，不得以罚款相抵，并且法官还会在审判席上一阵疾言厉色。除此以外，我是一无所知。这玩意儿所谓的“道理”对伯特伦·伍斯特就如同天书。不过，据专家解释，就本场比赛而言，其实并没有什么“道理”可言。

这几天下了好几场雨，所以赛场上举步维艰。说起来，我见过不少沼泽地比赛场还干呢。我在酒馆见到的那位红发老兄吧唧吧唧率先上前，在群众的叫好声中开局一脚，球直飞大皮的方向——他那身蓝橙相间的球衣甚是显眼。大皮利索地将球截住，凌空一脚；也就是在这一刻，我忽然明白，上布利奇对霍克利-梅斯顿的比赛别具特色，是其他球场上所罕见的。

这边厢大皮传球之后待在原地，一脸谦虚，这时只听一阵雷声滚滚的脚步声响起，只见那个红发飞扑过来，揪住大皮的脖子，把他掀翻在地，整个人压了上去。我瞬间瞥到了大皮的面孔，那上面写着恐惧、惊慌，总而言之是对事情出乎意料的发展大为不悦，接着他就消失了。等他再次露脸的时候，赛场另一头，一场群架正如火如荼地进行。“大地之子”的两股势力分别铆足了劲儿，猛力你推我挤，球貌似是在中间某处。

大皮挥手抹去眼前不小一块汉普郡地皮，有点晕晕乎乎地环顾左右，看清了群众戏的地点，便飞奔过去，刚好被对方两位重量级队员逮个正着，让他再次享受了一次泥地待遇。他由此占据了极佳的位置，刚好让第三位重量级队员提起小提琴盒一般大小的球鞋踢中了肋下。接着红发老兄又整个人压了上去。赛况可谓紧张活泼，从我这个场外观众的角度看来，一切按部就班。

我这会儿发现，大皮犯了个错误。他那身衣服太打眼了。这种场合呢，还是低调点最保险，可他那件蓝橙衫子实在太引人注目了；身为铁哥们，就该建议他选一件土黄色的，能和地面颜色混成一片才好。此外，除了他行头招摇以外，我估计霍克利 - 梅斯顿的队友们格外讨厌他，觉得他压根不该上场。他一个外地人，干吗非妨碍人家报私仇啊。

总而言之，我确实觉着对方格外优待他。每次两伙人打成一片，叠成的小山轰然崩塌，成吨的躯体横七竖八地在泥里打滚，最后被挖出来的那一个似乎总是大皮。偶尔他好不容易挺直了身子，不过眨眼的工夫，就有人——通常是那个红发——肩负起这个对心思的任务，再次把他按倒在地。

我越来越担心这封电报怕是送迟了，只怕他小命不保，还好出了个小插曲。这会儿双方队员跑到离我不远的地方，按照惯例压成一座肉山，大皮也一如既往地垫底，但等大伙纷纷站起来清点伤员的时候，发现有个人高马大的家伙在地上挺尸。此人套着一件原本是白色的球衣。上布利奇旗开得胜，消息传开来，百名爱国志士敞开喉咙，衷心的叫好声响彻赛场。

伤员被两位队友抬下场，其余的选手纷纷坐下来，重整旗鼓，又趁机思考了一下人生。我认为事不宜迟，该出手把大皮拉出屠宰场了，于是跃过绳子，朝他走过去。只见他正努力刮叉骨上的泥巴，一副被绞拧机碾过的模样，双眼——还能看见的部分——放出两朵奇异的小火苗；他浑身上下已形成淤积层，只怕不是单单洗一个澡就能对付的。要想让他重返文明社会，就必须送到洗衣店去滚一滚。其实或许还是一扔了事的好，对此还没有定论。

“大皮，老兄。”我说。

“呃？”大皮应道。

“有你的电报。”

“呃？”

“你出门以后我接到一封给你的电报。”

“呃？”大皮应道。

我用手杖戳了戳他，他总算回过神来。

“你干吗呢，大笨蛋？”他嘟囔着，“我浑身是伤。你叽咕什么呢？”

“你有一封电报。可能是要紧事。”

他鼻子里哼了一声，愤愤然的样子。

“你以为我这会儿还有空读电报？”

“这封可能很紧急呢，”我伸手摸电报，“喏，在这儿。”

可惜并不在。竟然会发生这种事，简直不可思议，总之是我换行头的时候忘了从原先那件外套里取出来了。

“哟，老天，”我说，“让我落家里了。”

“不要紧。”

“要紧的。可能很重要，需要你即刻拆阅。就是速读。我要是你呢，我就去跟谋杀小队道个别，立刻回家。”

他扬起两道眉毛。这是我猜的，其实就是他额头上的污泥抖了一抖，仿佛下面有什么动作。

“你以为，”他说，“我会在伊人的注视下开溜？上帝呀！还有，”他放轻了声音，仿佛若有所思，“我不把那个红发浑蛋开膛破肚，决不下赛场。我手里没有球，他也一直攻击我，你发现没有？”

“对吧？”

“当然不对！算了！我要叫他好看。我受够了，从现在起，我要让他知道我不是好惹的！”

“我对这项娱乐活动的规则有点糊涂，”我说，“可以咬人吗？”

“等我一会儿咬咬看。”大皮受了启发，精神为之一振。

这时抬棺材的那两位回来了，前线又开始了新一轮的混战。

对于精疲力竭的运动员来说，稍事休息、叉叉腰之后，就又是一条好汉了。双方缓过了气，以更高的热情投入了战事，场面实在精彩。而比赛的焦点和灵魂人物则非大皮莫属。

说起来呢，若和一个人的交往仅限于午餐啦，赛马场啦，在乡间别墅混日子什么的，那是无法看穿其真面目的，这意思大家明白吧。在此之前，要是有人问起大皮·格罗索普的为人，我准会说，他是一个挺和气的好好先生，几乎谈不上什么森林之王的脾气。可此时此刻，他东跑西颠，鼻孔里冒火，绝对是大字号的“危险”。

一点不错。裁判要么是秉持了“人不犯我我不犯人”的精神，要么是裁判哨被泥堵住了，总而言之，他好像对整场比赛抱持了超然物外的态度，大皮由此受了鼓舞，愈加奋勇。就连我这个外行也看得出，霍克利－梅斯顿要是想大获全胜，务必趁早消灭大皮。平心而论，他们的确尽了全力，那位红发老兄尤其是兢兢业业。但大皮越挫越勇，每次对方的名将把他掀翻在泥地里、骑在他头上之后，他都踩着死去的自己作为垫脚石——这么说大家明白吧——升往更高的境界。最后的结果：那个红发老兄战死疆场。

至于具体情况如何，我真形容不出，因为此刻天已薄暮，雾气蒙蒙。总而言之，那家伙前一秒还活蹦乱跳，无忧无虑的，突然之间，大皮不知从哪儿窜了出来，轻轻松松地取其颈项。两人砰的一声撞在一起，轰然倒地，又过了一会儿，红发老兄就由两个队友扶着，一瘸一拐地下场了，看来是左脚腕怎么了。

自此之后，大局已定。上布利奇士气大振，忙着冲锋陷阵，在霍克利那半场堆成了一片肉海，接着一阵滔天巨浪滚过，压过了得分线，等一干身躯纷纷清理干净，混乱散去、呼喊平息之后，就看见大皮趴在地上，球压在身子底下。再以后，除了最后5分钟偶尔出现一些屠戮行为，比赛就画上了句点。

我启程回庄园，一路上思绪纷扰。既然事已至此，我就不得不努力开动脑筋。我到了庄园，一进前厅，看到有个侍者模样的人，就吩咐他兑一杯威士忌苏打，要浓的，送到我房里。我感到大脑需要一点刺激。约莫过了10分钟，有人敲门，只见吉夫斯端着补给进来了。

“嗨，吉夫斯，”我吃了一惊，“你已经回来了？”

“是，少爷。”

“什么时候到的？”

“不久之前，少爷。比赛可还精彩，少爷？”

“可以这么说，吉夫斯，”我回答，“不错，充满人情味什么的，知道吧。但只怕由于我一时疏忽，导致最坏的情况发生了。电报让我落在另一件衣服口袋里了，大皮就从头踢到尾。”

“他可有受伤，少爷？”

“比这还糟糕呢，吉夫斯。他在赛场上叱咤风云，我估计这会儿村里各家酒馆里人人都在为他举杯呢。他踢得这么精彩——

其实是厮杀得这么勇猛，我看人家姑娘是要迷上他了。除非我大错特错，否则，他们一见面，她就要喊一声‘我的英雄’，然后投入大皮讨厌的怀抱。”

“果然，少爷？”

他这态度让我很不满。这么冷静，不为所动的。我本以为他听了我这番话，是要拉长下巴满屋兜圈子的。这话刚要出口，门就开了，只见大皮一瘸一拐地走进来。

他在球衣外面罩了件阿尔斯特大衣，我想不明白他怎么不直接奔向浴室，反而跑来拜会我。他盯着我的酒杯，如饿狼一般。

“威士忌？”他哑着嗓子问。

“兑苏打。”

“吉夫斯，给我也来一杯，”大皮说，“一大杯。”

“是，先生。”

大皮踱到窗前，望着暮色四合，我这才注意到，他这是在闹脾气呢。一般从背影就能看出来：耸着肩，弓着背，心被忧愁压得沉甸甸的，这么说大家明白吧？

“怎么了？”我赶紧问。

大皮冷笑一声。

“哦，没什么，”他回答，“我再也不相信女人了，没别的。”

“是吗？”

“当然是。女人压根靠不住，她们绝没有前途，伯弟，全是小脓包。”

“呃——包括那个达尔格利犬小姐？”

“她姓达尔格利什，”大皮僵了一僵，“不过你也不在乎。

另外也不妨告诉你，她是其中的极品。”

“老兄！”

大皮转过身。我透过泥污，看出他脸色凝重，总而言之，是黯然无光。

“你知道是怎么个情况吗，伯弟？”

“怎么？”

“她没在那儿。”

“没在哪儿？”

“当然是赛场，你个笨蛋。”

“没在赛场？”

“没有。”

“你是说，没在场下激动的观众间？”

“自然是没在观众间。难道我还期待她上场不成？”

“可我以为，整件事不就是为了——”

“我也是。老天！”大皮又冷笑几声，“我为了她拼死拼活，任一群变态杀人狂踢来踢去、踩上踩下，我为了讨好她，遭受了比死亡还凄惨的命运，结果呢，人家根本顾不上来看比赛！她接到伦敦的电话，听说有人得了一只爱尔兰水猎犬，就立刻跳上车，弃我于不顾。她刚刚在家门口亲口对我说的。她这会儿心里只想着一件事：她白跑一趟，气得跳脚。原来那根本不是什么爱尔兰水猎犬，只不过是普通的英国水猎犬。我居然爱上这种姑娘！要是她做了我的终身伴侣！‘当痛苦与不幸出现在眼前，你又成了天使般温柔的救星！’——才怪！哼，要是谁娶了她，等哪天突然重病，能指望她守在病榻边，抚枕头、喂水吗？想得美！她说不定跑哪儿去买西伯利亚鳗鱼犬去了。从此以后，我再也不会理会女人。”

我看时机成熟，该给老字号说句好话了。

“我表妹安吉拉就不错嘛，大皮，”我像兄长一样语重心长地说，“仔细想想，安吉拉是个挺不错的姑娘，我一直很希望你们……而且我知道达丽姑妈也这么想。”

大皮一个恶毒的嘲笑，表层土裂开了。

“安吉拉！”他咆哮道，“别跟我提安吉拉了。实话告诉你，安吉拉玻璃心肝水晶肚肠，半点风也吹不得，是一等一的厌恶。她把我甩了。没错。就因为我堂堂男子汉敢于说真话，批评她傻乎乎地买的那顶破烂头盖。她戴着像狮子狗，我就这么跟她说了，‘你戴像狮子狗’。结果她非但不欣赏我大无畏的诚实品格，反而揪着耳朵把我扔出门。咄！”

“她真那么做了？”我问。

“可不是，”大皮说，“就在17号星期二下午4点16分整。”

“对了，老兄，”我见机行事，“那封电报我找到了。”

“什么电报？”

“之前跟你说的那封。”

“哦，那封啊。”

“对，就是那封。”

“那，拿来我瞧瞧那破玩意儿吧。”

我递过电报，密切留意他的表情。我瞧他读着读着，突然浑身一震。明显是心旌动摇。

“是要紧事？”我故意问。

“伯弟，”大皮的声音激动得颤抖了，“刚才说你表妹安吉拉那番话，别理会，统统打叉。就当我没说过。跟你说，伯弟，安吉拉很好。是人间天使，说定了。伯弟，我得赶紧回伦敦。她病了。”

“病了？”

“高烧不退，神志不清。电报是你姑妈拍的，她叫我立刻回伦敦。能不能借你的车开？”

“当然。”

“谢了。”大皮说着就冲出去了。

他前脚刚走，吉夫斯后脚就端着滋补的饮品回来了。

“格罗索普先生走了，吉夫斯。”

“果然，少爷？”

“回伦敦去了。”

“是，少爷？”

“开了我的车，去找安吉拉表妹。阳光再次普照，吉夫斯。”

“着实令人欣慰，少爷。”

我瞧了他一眼。

“吉夫斯，打给那个谁谁小姐号称有水猎犬的电话，是不是你打的？”

“是，少爷。”

“我一猜就是。”

“是吗，少爷？”

“不错，吉夫斯，格罗索普先生说有个神秘人打电话讲爱尔兰水猎犬的事，我一听就猜到是你。完全是你的风格。你有什么动机我一清二楚。你就知道她会立刻跑过去。”

“是，少爷。”

“而且你也知道大皮会作何感想。要说有什么事儿能让提枪上马的骑士不满，那就是观众离席了。”

“是，少爷。”

“但是，吉夫斯啊。”

“少爷？”

“还有一个问题。等格罗索普先生发现安吉拉并没有神志不清，反而精力充沛，那又该如何是好？”

“少爷，我并没有忽略这个问题。我冒昧给特拉弗斯夫人打过电话，解释了来龙去脉。一切准备就绪，只等格罗索普先生赶到。”

“吉夫斯，你考虑得就是周全。”

“多谢少爷夸奖。既然格罗索普先生不在，这杯威士忌苏打少爷留着自己用吗？”

我摇摇头。

“不，吉夫斯，只有一个人配喝这杯酒，那就是你。这杯庆功酒是你应得的。满上，吉夫斯，干杯。”

“多谢少爷。”

“一口闷，吉夫斯！”

“就借用少爷的话，一口闷，少爷。”

图书在版编目（CIP）数据

万能管家吉夫斯. 2，非常好，吉夫斯 / (英) P.G. 伍德豪斯 (P. G. Wodehouse) 著 ; 王林园译. -- 南京：江苏凤凰文艺出版社, 2018.8

书名原文: Very Good, Jeeves

ISBN 978-7-5594-1784-8

Ⅰ. ①万… Ⅱ. ①P… ②王… Ⅲ. ①长篇小说—英国—现代 Ⅳ. ①I561.45

中国版本图书馆CIP数据核字（2018）第055289号

书　　名　**万能管家吉夫斯. 2，非常好，吉夫斯**

著　　者　（英）P.G.伍德豪斯
译　　者　王林园
责任编辑　丁小卉　姚　丽
特邀编辑　顾珍奇　刘　雨
责任监制　刘　巍　江伟明
策　　划　读客文化
版　　权　读客文化
封面设计　读客文化　021-33608311
出版发行　江苏凤凰文艺出版社
出版社地址　南京市中央路165号，邮编：210009
出版社网址　http://www.jswenyi.com
印　　刷　三河市龙大印装有限公司
开　　本　890mm x 1270mm　1/32
印　　张　9.25
字　　数　193千
版　　次　2018年8月第1版　2018年8月第1次印刷
标准书号　ISBN 978-7-5594-1784-8
定　　价　45.00元

如有印刷、装订质量问题，请致电010-87681002（免费更换，邮寄到付）